KÖLN KRIMI

2

im EMONS VERLAG KÖLN
herausgegeben von Thomas Maier

Über den Autor:

Frank Schauhoff, geb. 1950, lebt seit 1970 in Köln. Er arbeitet als Übersetzer für niederländische Literatur und als freier Hörfunk- und Fernsehautor.

Handlung und Personen des Romans sind frei erfunden. Ähnlichkeiten mit lebenden oder toten Personen sind rein zufällig.

FRANK SCHAUHOFF

DREIMAL NULL IST NULL

EMONS VERLAG KÖLN

Umschlagzeichnung: Heribert Stragholz
Umschlaggestaltung: Josef Schaller
Satz: Jackwerth & Welker Verlag GmbH, 5300 Bonn 2
Druck und Verarbeitung: Rudolf Künster, Druckerei, 5470 Andernach 12
Printed in Germany
ISBN 3-924491-03-8

Für Linda Spahni

Das Manuskript

... Anton Liessem, Dezernent für Wasserrecht beim Regierungspräsidenten Köln, verließ an diesem Morgen frühzeitig das Regierungspräsidium. Seine langjährige Sekretärin, Birgit Kötter, hatte er angewiesen, für diesen kalten, regnerischen Mittwoch im Oktober alle Termine abzusagen.

An diesem Morgen benutzte er nicht seinen Dienstmercedes. Anton Liessem ging über die Zeughausstraße zur Friesenstraße, wo er im Hof eines großen Möbelgeschäftes einen Einstellplatz für seinen Zwölfzylinder Jaguar Vanden Plas gemietet hatte.

Dieser Wagen war oft Grund für zweideutige Anspielungen seiner Kollegen beim Regierungspräsidenten, die ihn auch aufgrund seiner Vorliebe für englische Sakkos, Maßhemden und handgenähte Schuhe scherzhaft den Lord nannten. Früher hatte ihm das nichts ausgemacht, aber seine Souveränität hatte in letzter Zeit einen Knacks bekommen.

Die Dinge waren etwas außer Kontrolle geraten, und die Bemerkungen der Kollegen fielen bissiger und hämischer aus als in der Vergangenheit. Einige machten mittlerweile sogar unverhohlene Andeutungen, woher ihrer Meinung nach das Geld kam, das er für seinen aufwendigen Lebenswandel brauchte.

Nachträglich schien es ihm ein Fehler, in den Marienburger Golf-Club eingetreten zu sein. Schließlich kannte jeder, der in der Stadt etwas zählte, die finanziellen Voraussetzungen einer Mitgliedschaft. Das hatte ihn im Regierungspräsidium erneut ins Gerede gebracht. Wahrscheinlich war das auch der Zeitpunkt, an dem sich der zweite Mann, der ganz oben in der Hierarchie des Präsidiums zu suchen ist, entschlossen hatte, Anton Liessem fallen zu lassen und ihm keine weitere Unterstützung zu gewähren.

Dabei hatte dieser Partner Liessems, nennen wir ihn mal Herrn X, keine Ahnung davon, daß Anton Liessem die Gewohnheit entwickelt hatte, von seinen Auftraggebern für Gefälligkeiten im voraus zu kassieren, ihm gegenüber aber die nachträgliche Entlohnung beibehalten hatte.

Dieser Zustand führte zu einem für Anton Liessem fatalen Mißverständnis zwischen ihm und seinem Protektor. Dieser mußte, als er seine Kooperation aufkündigte, der festen Meinung sein, die eingegangenen Verpflichtungen seien alle abgewickelt. Tatsächlich jedoch hatte Dezernent Liessem, dessen Ansprüche mit den immer reichlicher fließenden Geldbeiträgen immer höher wurden, Herrn X für seine vorherige Unterstützung mit Geld bezahlt, das er bereits für noch zu erbringende Leistungen erhalten hatte.

Max Merkelbach, Lagerarbeiter im Möbelhaus, ließ seinen Elektrohubkarren ausrollen, als Herr Liessem den Hof betrat. Zum ersten Mal seit Jahren jedoch ging Dezernent Liessem grußlos an ihm vorbei, ohne Anstalten zu machen, den üblichen kurzen Plausch zu halten. Max Merkelbach wunderte sich außerdem, daß Liessem nicht wie üblich den Luxuswagen warmlaufen ließ, sondern startete und sofort vom Hof fuhr.

Die Ungereimtheiten im Verhalten des sonst so korrekten und auf äußere Form bedachten Dezernenten waren für Eingeweihte leicht zu erklären. Anton Liessem hatte sich gegenüber einer Gruppe, deren Interessen normalerweise mit denen eines Dezernenten für Wasserwirtschaft beim Regierungspräsidenten nur schwer vereinbar sind, soweit exponiert, daß er sich, während er den Jaguar stadtauswärts lenkte, fragte, ob er die Sache noch unter Kontrolle habe. Das exklusive Schnurren seines Traumautos konnte ihn an diesem Tag nicht trösten.

Die Leute, denen er den Wagen verdankte, erwarteten Leistungen von ihm, die seine Möglichkeiten weit überstiegen. Wie sollte er diesen Leuten klarmachen, daß er auf die Hilfe einer weiteren Person angewiesen war, auf die er nun keinen Zugriff mehr hatte? Der Ton, in dem er zu dieser Verabredung bestellt worden war, ließ ihm wenig Hoffnung, daß man viel Bereitschaft zeigen würde, auf seine Probleme einzugehen.

Das Jagdhaus des Kontaktmannes stand mitten im Wasserschutzgebiet Erftstadt. Die Tatsache, ausgerechnet hierher bestellt worden zu sein, machte dem Dezernenten deutlich, daß man es darauf anlegte, ihn an das Ausmaß seiner Verstrickung zu erinnern. Dabei kam ihm auch die heftige und für ihn peinliche Diskussion vom letzten Wochenende mit seinem zukünftigen Schwiegersohn ins Gedächtnis.

Anton Liessem war so stark mit seinen Gedanken beschäftigt, daß er den Jaguar durch den schlammigen Hohlweg steuerte, ohne darauf zu achten, größere Wasserlöcher zu meiden. Erst als er den Scheibenwischer einschalten mußte, weil der aufspritzende Schlamm ihm die Sicht nahm, kontrollierte er seinen Fahrstil wieder.

Durch die verschmierte Scheibe kam das Jagdhaus in Sicht. Zwei große Mercedeslimousinen parkten unter einer Blutbuche. In einem der Wagen saß ein Chauffeur und sah zu ihm herüber, als er seinen Jaguar abstellte. Zu Liessems Überraschung waren die beiden Mercedes so gut wie sauber.

Einen Augenblick lang stand er unentschlossen neben seinem Wagen. Dann ging er auf das Jagdhaus zu und trat ein.

In der Jagdhütte wurde Anton Liessem von zwei Männern erwartet. Die Begrüßung fiel knapp aus, man kam schnell zu Sache. Einer der beiden forderte Liessem ultimativ auf, Schmutzgrenzwerte für Einleitungen absprachegemäß heraufzusetzen. Der zweite Mann trug mit gleicher Bestimmtheit eine Forderung vor, für die man sich Liessem gegenüber auch bereits erkenntlich gezeigt hatte, ohne daß das Genehmigungsverfahren für die Deponie bisher positiv beschieden worden wäre.

Anton Liessem versuchte den Herren zu erklären, daß ihm im Regierungspräsidium an maßgeblicher Stelle die Kooperation in dieser Angelegenheit aufgekündigt worden sei. Die beiden Männer konnten wenig Verständnis für organisationstechnische Fragen, die Verteilung ihres Geldes betreffend, aufbringen. Darüberhinaus machten sie Liessem darauf aufmerksam, daß sie auch durch die von ihm unterschriebenen Wechsel für im voraus gezahlte Beiträge einen entsprechenden Einfluß auf ihn ausüben könnten und würden. Sie fügten hinzu, daß es ihnen selbstverständlich lieber sei, ihm die Wechsel nach erbrachter Leistung zurückzugeben.

Als die beiden Männer zurück zu ihren Wagen gingen, wußte Anton Liessem um die Hoffnungslosigkeit seiner Situation.

Dreißig Minuten nach dieser Unterredung durchbrach der anthrazit-metallic Jaguar das Brückengeländer der Autobahnbrücke auf der A 61 bei Bliesheim.

Die Versicherungsgesellschaft konnte eine Selbstmordabsicht von Anton Liessem nicht nachweisen und mußte die Lebensversicherung an die Witwe auszahlen.

I.

Während Jupp und Tom das Manuskript durchlasen, hätte man in den Räumen des kleinen Verlages in der Brüsseler Straße eine Stecknadel fallen hören können. Da aber keine Stecknadel fiel und sogar Sonja, die Sekretärin, ihr loses Mundwerk ausnahmsweise hielt, war es wirklich still, bis Jupp ausgelesen hatte.

„Ganz schön starker Tobak, das Ding hier!" sagte er mehr zu sich selbst als zu Tom, der ihm gegenübersaß und noch mit dem Manuskript beschäftigt war.

Der Briefträger hatte es am Morgen per Einschreiben gebracht. Absender war ein Kölner Rechtsanwalt, der ihnen in dem Begleitschreiben mitteilte, daß es sich beim Verfasser um ein Autorenpseudonym handele, das er bedauerlicherweise nicht befugt sei zu lüften.

Das alles überlegte Jupp, als er das Manuskript nochmal durchblätterte. Er war sich nicht sicher, möglicherweise war das Manuskript selbst, vielleicht waren aber auch die Begleitumstände zu brisant es herauszubringen. Andererseits konnten sie für das Hauptprogramm gut etwas von diesem Zuschnitt gebrauchen.

Behäbig lehnte er sich zurück und verschränkte die Arme über seinem Bauchansatz. Er schnupperte den Rauch seines Dannemannzigarillos, das im Aschenbecher langsam runterglühte. Mit dem Duft des Tabaks in der Nase versuchte er, sich auszudenken, was den Anwalt dazu bewogen haben könnte, ihnen zunächst nur einen Teil des Manuskripts mit dem Titel „Bestechungsgeld für einen Toten" zukommen zu lassen. Er kam jedoch zu keinem Schluß. Das ganze war undurchsichtig und möglicherweise nicht ganz harmlos. Offensichtlich handelte es sich um einen Schlüsselroman, in dem, zwar versteckt, für Eingeweihte aber eindeutig, Roß und Reiter genannt wurden.

Jupp beobachtete Tom, dessen Beine, während er die vorletzte Seite umschlug, zu vibrieren begannen. Immer heftiger zog er an seiner Zigarette, den Filter zwischen Daumen und Zeigefinger eingeklemmt. Bei jedem Zug verengten sich seine Augen zu Sehschlitzen, wobei er das linke Auge fast ganz schloß und für die Dauer des Inhalierens scheinbar nur mit dem rechten Auge weiterlas. Die ganze dürre Gestalt schien es darauf anzulegen, mit dem letzten Zug an dem plattgedrückten Filter auch die letzte Zeile des Manuskripts zu lesen. Jupp beobachtete die parallelen Bewegungen und tatsächlich zerdrückte Tom den glimmenden Filter im Aschenbecher, während er die letzte Zeile las.

Tom schlug das Manuskript zu, nahm es hoch und wog es in der rechten Hand.

„Gewogen und für schwer genug befunden", sagte er mit einer piepsig belegten Stimme, die vom langen Schweigen heiser geworden war. Dann räusperte er sich und angelte blind die nächste Zigarette aus der Packung.

„Wenn der zweite Teil hält, was der erste verspricht, dann ist das unser Ding." Jupp sah ihn skeptisch an. Tom war ihm immer viel zu vorschnell und euphorisch.

„Mal langsam", sagte er bedächtig, „schließlich gibt es da einiges zu bedenken." Er nahm seinen Zigarillo. Tom steckt sich die Zigarette an. Noch sah Sonja schweigend zu den beiden rüber. Tom vermied den Blickkontakt mit ihr, denn das hätte sie garantiert als Aufforderung verstanden, ihren Senf dazuzutun.

„Das Manuskript ist", resümierte Jupp, „genaugenommen die Summierung kleinerer und größerer Umweltskandale und Vertuschungsaffairen, in die Verwaltung, Chemiekonzerne und Entsorgungsunternehmen in Köln und Umgebung verstrickt waren. Der Zeitraum umfaßt, über den Daumen gepeilt, die letzten zehn Jahre."

Tom verfiel wieder in sein Beinvibrato und mit den Fingern der linken Hand schlug er den Rhythmus zu einer unhörbaren Musik auf der Schreibtischplatte. Jupp ließ sich davon nicht aus dem Konzept bringen.

„Das Ganze wird von der Hauptfigur, diesem Journalisten, der mit der Tochter des LKW-Fahrers verlobt ist, der Giftmüll für ein Entsorgungsunternehmen fährt, aufgerollt. Sein Motiv ist der Selbstmord des zukünftigen Schwiegervaters, der sich im Gefängnis das Leben nimmt, wahrscheinlich aus Angst vor seinen Auftraggebern." Toms Finger waren schon zur Rhythmusmaschine geworden, als Jupp schließlich die Katze aus dem Sack ließ.

„Ich bin der festen Überzeugung, daß dieses Manuskript ein Schlüsselroman ist, wo Eingeweihte zwischen den Zeilen einiges herauslesen können."

„Klar!" platzte Tom dazwischen, „das ist es doch gerade! Es ist ein Roman, liest sich aber wie die Beschreibung eines Korruptionsparadieses aus erster Hand. Der ganze Klüngel wird in voller

Spannbreite vorgeführt. Hier finden sich all die kleinen und großen Zeitungsmeldungen über Umweltskandale wieder.“ Mehrmals schlug er mit der flachen Hand auf das Manuskript. „Und verschmelzen zu einem Gesamtbild, zu einer gigantischen kommunalen, geistigen und industriellen Totalverschmutzung! Zu einem Sittenbild dieser durch und durch verklüngelten Stadt!“

Tom hatte sich in Rage geredet, macht eine kurze Pause, sah Jupp an und streckte ihm abwehrend beide Handflächen entgegen.

„Ich weiß, als Nichtkölner kann man den Klüngel nicht verstehen, aber schließlich lebe ich mittlerweile auch schon zwanzig Jahre hier.“

„Darum geht es doch gar nicht, Tom“, sagte Jupp ruhig, „aber Korruption und Klüngel ist nicht dasselbe. Klüngel ist eine über Jahrhunderte gewachsene Tradition, den Fluß im Bett zu halten.“

„Ich weiß, ich weiß“, versuchte Tom das Thema, das er schon singen konnte, abzuwimmeln.

„Nein, du weißt nicht, denn du kommst nicht aus einer Kölner Familie.“ Das war meist das Ende aller Köln-Diskussionen. Wenn gewisse Phänomene des Kölner Charakters zu klären waren, sprach ihm Jupp mit diesem Argument jede Kompetenz ab.

„Beim FC kommt kaum einer aus einer Kölner Familie.“ Diesen Deckel setzte Tom noch auf Jupps blöden Köln-Topf. Aber Jupp schien heute für solche Späßchen nicht aufgelegt.

„Tatsache ist“, fuhr er fort, „wir brauchen dringend noch ein Buch für den Herbst, und das hier ist das Heißeste, was wir seit langem reinbekommen haben. Aber trotzdem will die Sache gut überlegt sein. Dieses Ding hier“, er schüttelte das Manuskript durch, als könne noch ein guter Grund, es zu drucken, rausfallen, „dieses Ding hier könnte eine Zeitbombe sein.“

Tom sah ihn an, als habe er einen lebendigen Frosch verschluckt. Sonja, die durch die lange Sendepause schon nervös geworden war, meldete sich zu Wort, da die beiden offensichtlich an einem toten Punkt angekommen waren.

„Also — der Titel ‘Bestechungsgeld für einen Toten‘ gefällt mir.“ Als sie darauf nicht sofort eine Antwort bekam, fügte sie hinzu: „ … und ich bin schließlich auch eine potentielle Käuferin. Und der Titel ist doch wichtig!“

„Ja, ja, der Titel ist passabel“, warf Tom rüber, um das geklärt zu haben und Sonjas weitere Störungsausläufer zu unterbinden.

Jupp versuchte Tom jetzt in die Rolle des Befürworters zu drängen, um seine eigenen Zweifel über die Runden zu bringen. Eine Sache gab ihm besonders zu denken:

„Nicht alle werden begeistert sein, wenn man den ganzen alten Mist — firmenfreundliches Raufsetzen von Schmutzgrenzwerten, gekaufte Behördenbewilligungen für Deponien, also den ganzen Umweltsaustall — wenn man diesen ganzen Scheiß wieder aufkocht." Tom überlegte kurz.

„Die Leute sind wegen der Affairen als solche nicht geschaßt worden. Die sitzen, wenn man mal von dem Selbstmord Liessems absieht, größtenteils noch heute dick in ihren Ämtern. Erwischt werden wie immer nur die Kleinen, die LKW-Fahrer, die die Schweinereien illegal abkippen. Aber die Firmen, die den Auftrag geben und dahinter stehen, sind dieselben geblieben, und an die kommt keiner ran. Und wenn du mich fragst, kümmert es die einen Dreck, ob so ein kleiner Schlaubergerverlag, wie wir es sind, da nochmal mit einem Roman in der abgestandenen Suppe rührt." Jupp schüttelte bedächtig den Kopf.

„Genau da merkt man, daß du kein Kölner bist, auch wenn du schon hundert Jahre hier wohnst. Du kannst machen, was du willst im Kölschen Klüngel, aber mit Nachkarten macht man sich in Köln immer unbeliebt. Dann bist du ein richtiger Spielverderber und das mögen die Kölner nicht." Tom lachte.

„Das ist dann die sensible Seite des rüden Kölner Humors. Geschmiert wird so lange, bis die ganze Kölner Bucht ein einziger großer Dreckhaufen ist. Aber wenn da einer nachkartet und die ganzen Saubeuteleien nach Jahren nochmal abhakt, dann werden die Herren sensibel, dann gibt's da plötzlich einen Spielverderber!"

„Tom, wir sind ein Kölner Verlag!"

„Gerade deshalb. In München wird das wohl kaum einer drukken wollen."

„In München nicht", sagte Jupp, „aber mir kommt da eine gute Idee." Er zog nachdenklich an seinem Zigarillo und sah kurz auf seine frisch gewienerten Schuhe. Sonja saß mit aufgestütztem Kopf am Schreibtisch und sah aus, als erwarte sie jede Sekunde ihr Zeichen zum Einsatz.

„Vielleicht sollten wir das Ding von einem Anwalt lesen lassen", sagte Tom, „Christa wäre die richtige dafür." Jupp reagierte nicht sofort, er schien an etwas anderes zu denken.

„Das würde Geld kosten. Ich habe eine bessere Lösung, die Geld einbringt und den gleichen Zweck erfüllt."

„Du willst einen Anwalt finden, der dich dafür bezahlt, daß du ihn das Ding lesen läßt." Tom lachte meckernd auf.

„Quatsch!" wimmelte Jupp ab. „Hör mal zu. Als wir unseren letzten Krimi vorgestellt haben, war doch auch der Trupp von der Köln-Revue da. Die haben das Buch später besprochen. Und der Häuptling von denen, dieser Volker Knöpsel oder wie der heißt, hat mich damals gefragt, ob wir nicht mal was zusammen machen könnten. Und ich denke, wir testen das Ding mal, indem wir ihm den Vorabdruck geben." Tom sah Jupp an.

„Hört sich gut an, Volker Knöspel hält seine Knispel-Revue für uns ins Kölnfeuer und zahlt auch noch dafür."

„Genau! Und wenn sie Feuer fängt, lassen wir die Finger von der Sache."

„Und wenn nicht, schieben wir das Buch schnell nach." Tom kicherte. Ihm gefiel die Idee außerordentlich gut. Eine schöne Kölner Geschichte nach dem Motto: Jeder will der Schlaueste sein.

Sonja stütze ihren Kopf auf beide Hände und hatte ihren Mund leicht offenstehen. Sie schien nichts mehr zu raffen. Tom war froh, daß sie ihm nicht all die Fragen stellte, die ihr jetzt durch den Kopf gingen. Jupp zog genüßlich an seinem Zigarillo.

„Ich glaube, wir sollten an den Rechten für das Manuskript schnellstmöglich eine Option erwerben", sagte er getragen.

„Auf jeden Fall, sonst könnte uns eine schöne Geschichte durch die Lappen gehen", fügte Tom zweideutig hinzu und ergänzte: „Eine Kölner Geschichte!" Zu diesem Zeitpunkt konnte keiner ahnen, wie recht er hatte.

Jupp stand mit dem Begleitbrief auf, durchschritt den Raum und legte das Schreiben vor Sonja hin.

„Verbinden Sie mich bitte mit Rechtsanwalt Viktor Lommer." Auf dem Rückweg zog er die beiden riesigen Flügeltüren sorgfältig hinter sich zu und wartete auf die Verbindung.

Jupp siezte Sonja; wie er sagte, um den nötigen Abstand zu wahren. Normalerweise hätten sie sich im Verlag keine Sekretärin erlauben können. Sonja war die Tochter der Aufwartefrau von Jupps Mutter. Sie hatte dringend einen Job gesucht, und da sie nur halb soviel verlangte wie eine richtige Sekretärin, war der Entschluß schnell gefaßt, und Sonjas Mutter war froh, daß ihre Tochter seriös untergekommen war, nachdem sie vorher für einen Windhund gearbeitet hatte.

Das Gespräch mit Viktor Lommer II verlief zufriedenstellend. Es gab eine kostenlose zehntägige Option und es wurde ein angenehmer Vertrag in Aussicht gestellt. Lediglich die Identität des Autors konnte oder wollte der Rechtsanwalt nicht preisgeben. Man müsse sich mit dem Pseudonym begnügen. Der zweite Teil des Manuskripts würde in Kürze nachgeliefert, im übrigen könne alles über ihn, Lommer II, abgewickelt werden.

„Das Theater um die Person des Autors gefällt mir nicht", sagte Jupp, nachdem er eingehängt hatte.

„Irgendein verschrobener Oberstudienrat erfüllt sich seinen Jugendtraum und wird Krimischreiber, mehr wird da nicht hinterstecken", spekulierte Tom.

„Dazu ist das Buch zu authentisch, zu präzise in der Sache. Außerdem würde so einer doch mit Freuden seinen Namen auf dem Buch sehen", gab Jupp zu bedenken.

„Der ist doch verklemmt. Der wartet erst mal ab, ob das Ding nicht völlig in die Hose geht. Dann lädt er seine Freunde und Kollegen zu einer Party ein und lüftet das Geheimnis. Und wenn es ein Flop wird, nimmt er das Geheimnis mit ins Grab. Wahrscheinlich weiß nicht 'mal seine Frau was davon. Der hat das Ding heimlich auf dem Klo geschrieben."

Jupp holte Tom wieder auf den Teppich, bevor er endgültig ins Fabulieren geriet.

„Sei mal realistisch, da ist was faul! Das könnte doch zum Beispiel auch einer vom Regierungspräsidenten sein."

„Und wieso?"

„Na, Lommer II, dann der ganze Klüngeldreck, und wir haben den zweiten Teil noch nicht."

„Also gut, dann lassen wir das erst mal von der Köln-Revue vorabdrucken." Jupp gab sich einen Ruck.

„Okay, wir machen es!"

II.

Knöspel und seine Köln-Revue bissen an. Jupp verabredete noch für den gleichen Abend ein Treffen im Brauhaus Päffgen.

Gegen sieben verließen sie den Verlag in der Brüsseler Straße. Jupp in seinen rhythmisch knarrenden englischen Schuhen, Tom auf seinen Leisetretern. Sie hatten sich gut vorbereitet, um Knöspel möglichst noch am gleichen Abend einen Vorvertrag unterzeichnen zu lassen. Sonja war eine Stunde länger geblieben und hatte den Vertrag getippt.

Es war ein ungewöhnlich milder, trockener Januartag und sie hatten es nicht eilig. Ein Tisch war reserviert, und sie würden ohnehin zu früh sein. Gutgelaunt gingen sie die Brabanter Straße hinunter in Richtung Friesenplatz. Jupp spekulierte laut darüber, ob der FC in diesem Jahr Meister werden würde, und das war ein sicheres Zeichen für gute Laune. Tom verstand nicht viel vom Fußball, aber daß der FC nicht Meister werden würde, war ihm jederzeit eine Wette wert. Der FC war nun wirklich ein typischer Fall des Kölner Humors. Tom sah Jupp prüfend von der Seite an.

„Gut, also Meister nicht, aber unter den ersten drei werden sie sein, und UEFA sicher. In Köln gegen Inter, darauf kann man sogar wetten!"

„Was das betrifft, bin ich froh, nicht aus einer Kölner Familie zu stammen, denn dann käme es mir womöglich auch noch in den Kopf, Geld auf den FC zu wetten", sagte Tom in der Hoffnung, Jupp mal wieder zu einer Wette verleiten zu können. Es gelang ihm. Nach kurzem Zögern sagte Jupp:

„Also gut, ich wette, daß der FC in Köln gegen Inter gewinnt und weiterkommt. Und zwar Fünfzig." Tom schlug sofort ein, aber Jupp schien darüber nicht ganz glücklich zu sein. Er hätte lieber noch etwas diskutiert. Tom war sich sehr sicher, und beim FC konnte man sich wirklich nie sicher sein, das war ja der Mist bei der verdammten Mannschaft. Am Friesenplatz mußten sie über Bauschutt und provisorische Überwege turnen, durch Schlamm staksen und Baggerlöcher umgehen, um die andere Seite des Rings zu erreichen.

„Diese Stadtverwaltung dreht total durch," war Jupps Standardbemerkung zu dem gigantomanischen Bauprogramm, das seit Jahren die Innenstadt verunstaltete. „Dabei ist die Stadt verschuldet bis unter die Dachbalken,“ fügte er erläuternd hinzu und trat fluchend in eine Pfütze.

„Die müssen das Ding einfach bis zur bitteren Neige durchziehen, denn wahrscheinlich haben die Stadtverwaltungsheinis schon das Bestechungsgeld für die gesamte U-Bahn kassiert, wie Freund Liessem in unserem Manuskript. Nur beim Tiefbauamt bringt sich keiner um, die vergeben einfach weiter die wahnwitzigsten Aufträge.“ Endlich erreichten sie die andere Seite des Rings und bogen in die Friesenstraße ein.

„Köln, wie es singt und lacht“, sagte Tom und wurde plötzlich ernst, „und wir überlegen uns, ob wir das Manuskript drucken lassen sollen, weil da ein Prozent der Sauereien, die in dieser Stadt in den letzten zehn Jahren abgelaufen sind, angedeutet werden.“ Jupp zog die Schultern hoch.

„Ist ja gut, Tom, wir drucken die Geschichte.“

Die Friesenstraße war bisher von der Bauwut weitgehend verschont geblieben. Jetzt hatte im oberen Teil die Gerling-Sanierung begonnen. Die alten Fassaden blieben stehen und dahinter entstanden die Nobelappartements. Im unteren Teil war vorläufig noch alles beim alten: Spielclubs, schräge Eisdielen, Animiercafes, Trödler, Imbißbuden, Puffs und mittendrin das Brauhaus Päffgen, eine Insel bürgerlicher Beständigkeit.

Im überfüllten Brauhaus kreisten schon die Gäste um die reservierten Tische. Tom und Jupp suchten sich mit geübter Selbstverständlichkeit den schönsten raus und nahmen auf der Bank vor der getäfelten Wand Platz, so daß sie den ganzen Raum überschauen konnten.

„Knöspel, der verkappte Hippie, wird sich wohl mit dem Gesicht zur Wand setzen müssen“, bemerkte Tom schadenfroh.

„Hauptsache, der unterschreibt den Vertrag, dann kann er sich hinsetzen, wo er will“, erwiderte Jupp betont geschäftsmäßig.

Kaum hatte der Köbes die ersten zwei Kölsch abgestellt und die Karte gebracht, da tauchte Knöpsel schon am unteren Ende des Saals auf, immerhin fast fünfzehn Minuten vor der vereinbarten Zeit.

„Diese alternativen Zeitungsverleger werden auch immer cleverer und scheuen nicht vor frühkapitalistischer Vorteilnahme bei Verhandlungen mit angehenden Geschäftspartnern zurück“, sagte Jupp und grinste.

Knöspel hatte offensichtlich auch einen Tisch reserviert. Er sah sich um, entschied sich dann für einen Ecktisch und wollte es sich gerade in der Ecke der Bank bequem machen. Auf diesen Augenblick hatte Jupp gewartet. Er winkte und erwischte Knöspel mitten in der Bewegung. Jupp griemelte, und Knöspel signalisierte, daß er zu ihnen an den Tisch käme.

Er trug ein weites, nicht gebügeltes Opa-Hemd und war in eine extrem weite Bundfaltenhose gestiegen. In der Hand hielt er einen BAP-Hut, und trotz der Jahreszeit trug er Halbsandalen mit Himalayasocken, womit er signalisieren wollte, daß er bei aller schonungslosen Weltoffenheit in der Kölner Südstadt verwurzelt bleiben wollte. Alles in allem war der Weg zwischen den Tischen so lang, daß bei Jupp und Tom, in ihren englischen Tweed-Sakkos, für Knöspel, als er endlich ankam, quintessencemäßig nichts mehr drin war. Null. Glatter Durchfall.

Die Begrüßung fiel schleimig aus, nach dem Motto: Glaubst du meine Lügen, dann glaub ich deine. Knöspel bestellte überflüssigerweise beim Köbes ein Kölsch und richtete sich geschäftsmäßig mit Block und Kuli ein.

„So, dann wollen wir mal sehen!" sagte er im Tonfall eines Zahnarztes, der erwartet, daß seine Patienten das Maul aufreißen und A sagen. Doch mitten in der Bewegung riß es ihn nochmal rum, und er begann geschäftig in seiner handgenähten Boxcalflederumhängetasche zu wühlen, um dann mit einem Zettel in der Hand aufzuspringen.

„Tschuldigung! Ich habe noch ein dringendes Telefonat", sprach es, drehte sich um und verschwand. In seinem Nacken wippte ein zehn Zentimeter langes, geflochtenes Haarzöpfchen auf und ab.

„Und der war schon mal bei uns im Verlag?" fragte Tom ungläubig. Der Köbes stellte zwei Kölsch ab, und Jupp gab ihm ein Zeichen, Knöspel auch ein weiteres Kölsch hinzustellen.

Der ließ nicht lange auf sich warten, war allerdings so stark außer Atem, als habe er in der kurzen Zeit mehrmals den Block umrundet. Gebeugt unter einer fiktiven Last, nahm er wieder Platz.

„Hat nicht mehr geklappt. Zu spät", teilte er den beiden mit.

Die zwei Kölsch entlockten Knöspel einen undefinierbaren Laut, und hilfesuchend sah er die beiden an. Tom zuckte mit den Schultern und zeigte auf den Köbes.

„Du weißt ja, wie die hier sind.“ Knöspel fügte sich in sein Schicksal.

Jupp hatte keine Lust mehr auf ein weiteres Rahmenprogramm. Er zog die Klarsichthülle vor, in die er alle Unterlagen sowie eine Kopie des Manuskripts gepackt hatte und legte sie neben die zwei Glas Kölsch.

„Hier ist alles drin. Sieh es dir mal an.“ Der Köbes kam an den Tisch geflogen.

„Zu essen, die Herren?“ Jupp bestellte ein Hämchen mit Röggelchen, und Tom nahm noch Sauerkraut und Püree dazu. Knöspel hatte noch keinen Blick auf die Karte geworfen, und der Köbes drohte mit heftigen Gebärden an, augenblicklich wieder zu verschwinden. Knöspel bestellte sich auf die Schnelle eine Gulaschsuppe und vertiefte sich in die Unterlagen.

Jupp gab Tom eine leichten Stoß und zeigte mit dem Kopf in Richtung Eingang. Da kam Sonja im leuchtenden Acrylpullover mit irgendeinem Typen im Schlepp reinmarschiert und sah sich so lange suchend um, bis sie mit den beiden Blickkontakt aufgenommen hatte. Sie winkte kurz rüber. Natürlich hatte sie die Verabredung mitbekommen und konnte es nicht lassen, mal reinzuschauen.

„Also, die muß doch wirklich überall ihre kleine Nase reinstecken“, mokierte sich Jupp.

„Sie nimmt an den Dingen eben Anteil, besser, als wenn ihr alles scheißegal wäre.“

„Die wird sich gleich mit ihrem Willi da niederlassen und die ganze Zeit zu uns rüberstarren und Grimassen ziehen.“

„Wenn es dich stört, sieh einfach nicht hin“, sagte Tom, und der Ton, in dem er es sagte, ließ Jupp aufhorchen.

Glücklicherweise war kein Platz frei, und die beiden zogen weiter in den hinteren Saal. Jupp verdrehte die Augen, als Sonja verschwunden war. Sie nervte ihn mit ihrer unkomplizierten Natürlichkeit. Tom fand sie alles in allem ganz erfrischend, wenn sie nur mal einen anderen Pullover anziehen würde.

Die Hämchen schienen auf sie gewartet zu haben, denn so schnell waren noch nie welche gebracht worden. Der Teller Sauce Bolognese, der hier unter dem Titel Gulaschsuppe lief, kam gleichzeitig.

Sie aßen eine Weile schweigend, dann blätterte Knöspel nochmal in den Unterlagen und sagte zu Jupps und Toms Verblüffung:

„Also, ich unterschreibe den Vertrag, nur das Rücktrittsrecht muß auf sieben Tage verlängert werden." Hastig antwortete Tom:

„Ja, gut. In Ordnung. Für uns ist der Absatz im Vertrag wichtig, der besagt, daß tatsächlich gedruckt werden muß. Wir wollen eine breite Öffentlichkeit für das Thema. Deshalb haben wir euch ja auch den Vorabdruck angeboten. Es soll nicht nur ein Krimi sein, sondern das Engagement des Buches liegt in der verfilzten Kommunal- und Umweltpolitik. Das ist das Anliegen des Autors und unseres auch." Auf diesen Vortrag fuhr Knöspel natürlich voll ab.

„Darin sehe ich auch den Sinn unserer Zusammenarbeit", sagte er euphorisch.

Jupp schaltete sich in das Gespräch ein, weil er merkte, daß Tom begann, Knöspel auf den Arm zu nehmen. Es wurden noch einige Phrasen ausgetauscht. Jupp gab das Gespräch nicht mehr aus der Hand. Schließlich verschanzte Tom sich hinter seinem Hämchen, nagte den Knochen systematisch ab und schwieg.

Jupp hielt seinen Pfarrer-Sommerauer-Vortrag, wie Tom es nannte, und sprach mit Knöspel wie mit jemandem, der unter starken Psychopharmaka steht und vielleicht eine Pistole bei sich trägt. Es überraschte Tom immer wieder, wie Jupp Leute im Gespräch führen konnte und ihnen, wenn sie schließlich seine Meinung teilten, das Gefühl vermittelte, sie seien von Anfang an einer Meinung gewesen.

Knöspel entspannte so, daß er sogar fragte, ob die Gulaschsuppe hier immer so aussehe wie Sauce Bolognese. Er schien vollends glücklich, als Jupp ihm das versicherte.

Er unterschrieb den Vorvertrag mit dem geänderten Widerrufsrecht. Jupp lud ihn zu der Spaghettisauce ein, und Knöspel machte sich beschwingt auf seinen Himalayasocken hinaus in die große weite Welt.

III.

Das Parkett in den Verlagsräumen war abgeschliffen worden, und Jupp war tagelang mit einem Riesenschmöker 'Das Bio-Haus' rumgelaufen, bis schließlich klar war, mit welchem Naturwachs das Holz versiegelt werden sollte. Tom hatte sich nicht weiter darum gekümmert und nur zugestimmt, als Jupp ihn fragte, ob er auch gegen Formaldehyd sei. Jeder ist gegen Formaldehyd, Sonja natürlich auch. Sonja war gegen alles, nur nicht gegen ihre billigen Acrylpullover, die so ekelhaft aussahen, daß ihre gute Figur darunter nur noch mäßiges Interesse weckte.

Nachdem sie diese Formaldehydgeschichte nun auch drinhatte, kam sie eines Morgens mit vier Grünlilien in schwarzen Plastiktöpfen und hielt einen Vortrag darüber, daß diese Grünlilien das ganze Formaldehyd fressen.

Jupp versuchte, ihr zu erklären, daß er ja gerade deshalb den Verlag in einem Altbau untergebracht habe, damit dieser chemischen Keule der Zutritt von vornherein verwehrt bliebe. Das konnte und wollte Sonja erst glauben, als Jupp ihr das Geld für die Blumen erstattet hatte. Dafür versprach sie, die Grünlilien auch immer schön zu gießen.

Am Wochenende war der Boden endlich versiegelt. Jupp betrachtete sein Lieblingskind mit bewundernden Augen. Als sie in die Verlagsräume gezogen waren, hatte er monatelang täglich von dem alten Eichenparkett geschwärmt, das in seiner Klarheit eine Entsprechung nur in Bauhausmöbeln findet. Bei der Einrichtung der Verlagsräume wurde jedes Möbelstück auf seine Eignung hin getestet, vor dem Parkettboden zu bestehen. Schließlich wurden als Stühle nur Freischwinger zugelassen. Sonja brachte für diese Maßnahme wenig Verständnis auf. Für sie war es unbegreiflich, so viel Geld für einen Stuhl auszugeben, der so unbequem war.

Zu Jupps Entsetzen hatte sie sich von ihrer Mutter ein Sofakissen mit einem haarsträubenden Blumenmuster mitgebracht, das über Nacht in ihrem Schreibtisch lagerte und tagsüber auf dem Korbgeflecht des Thonetstuhls als Sitzunterlage diente. Nach einiger Zeit hatte Jupp es aufgegeben, dagegen zu stänkern, und aus der Stadt einen Kissenbezug mitgebracht, der wenigstens das furchtbare Muster des alten Bezugs verschwinden ließ.

Dabei war es dann geblieben. Jede Nippesblumenvase, die Sonja versuchte einzuschmuggeln, um, wie sie sagte, etwas wohnliche Qualität in den Verlag zu bringen, wurde von Jupp umgehend in den Müll befördert.

Jetzt, am Montag morgen, stank es im Verlag wie in einer Müllverbrennungsanlage. Tom murmelte irgendetwas, ob Formaldehyd wirklich schlimmer sei als dieser Gestank.

Sonja sagte nichts, ließ dafür aber eine Zigarette nach der anderen im Aschenbecher abbrennen. Tom moserte weiter und verabredete für den laufenden Tag so viele Termine wie möglich außer Haus, um von dem Geruch verschont zu bleiben.

Jupp atmete standhaft durch und sprach von Naturprodukten, Bodenwachs, englischer Schuhcreme und der Harmonie gewisser Stoffe sowie deren Verarbeitung. Zum Beispiel die englischen Schuhe, die er wie immer gerade anhatte, wenn er auf dieses Thema zu sprechen kam. Natürlich erwähnte er auch die grundlegende Schrift 'Quintessence — The Quality of Having it', in der alle diese Produkte, die ihrem Besitzer dieses besondere Gefühl des Teilhabens vermitteln, aufgeführt sind.

Jedes Mal, wenn das Wort Quintessence fiel, sah Sonja besorgt auf, als würde der Sprecher von einem Keuchhustenanfall geschüttelt. Sie tat das mit der geübten Mimik einer Nachtschwester, der man nie ansehen kann, ob sie eigentlich selber versteht und glaubt, was sie dem schweißgebadeten Patienten gerade erklärt.

Mitten in Jupps letzte Quintessenceerklärung hinein klingelte es. Nachtschwester Sonja fragte gewichtig über die Gegensprechanlage nach. Sie mußte nicht in den Operationssaal, sondern lediglich dem Briefträger die Haustür öffnen. Tom ging dem Postmann entgegen, riß ihm das Einschreiben aus der Hand und unterschrieb die Empfangsquittung. Er versuchte, den zigmal verklebten Umschlag aufzunesteln, während Jupp in seinem englischen Schuhwerk stehenblieb und wartete. Ihm sollte niemand überhastete Neugier nachsagen.

Sonja betrachtete es als ihre Angestelltenpflicht, Tom beim Öffnen des Briefumschlags unterstützend zu beobachten und dabei einen besorgten Gesichtsausdruck aufzusetzen.

Jupp zog sich mit der restlichen Post an seinen Schreibtisch zurück und zeigte weiterhin gekonntes Desinteresse. Schon Anteilnahme schien ihm zuviel. Kein Mensch ist eine Insel, aber man wird ja üben dürfen.

Schließlich zog Tom einen dicken Schnellhefter aus den zerfledderten Resten des Umschlags.

„Na also, da ist ja der zweite Teil!"

„Was?" fragte Jupp in einem Tonfall, als säße er seit Stunden ungestört an seinem Schreibtisch und hätte keinen blassen Schimmer, was um ihn herum geschähe.

„Jetzt tu bitte nicht so, als wüßteset du nicht, worum es geht." Tom hielt das Manuskript vor sich und teilte es in zwei gleichgroße Stapel. Einen gab er Jupp rüber.

„Komm, jeder die Hälfte, und dann wissen wir, ob noch irgendwelche Sensationen auf uns zukommen."

Neugierig arbeiteten sie den zweiten Teil des Manuskripts durch, der wesentlich kürzer war als der erste und nur Variationen der im ersten Teil angesprochenen Themen enthielt. Nichts Neues, was den Rahmen gesprengt hätte.

Jupp stellte das mit einer gewissen Erleichterung fest. Tom war eher enttäuscht, denn er hatte für den zweiten Teil heimlich auf den ganz großen Knüller gehofft.

Es konnte also losgehen. Die Köln-Revue bekam das Okay für den Vorabdruck, und sie brauchten nicht mehr zu tun, als zu warten, ob irgendjemand auf den Ballon feuerte, den sie da aufsteigen ließen.

IV.

Knöspel hing als Ganzfoto neben den anderen Polaroidportraits über Toms Schreibtisch. Der FC stand irgendwo am zehnten Platz der Tabelle, und Jupp hatte die Inter-Wette an Tom auszahlen müssen. Dies sei nun endgültig und unwiderruflich das letzte Jahr, so wahr er Jupp Reib heiße, in dem er eine Jahreskarte für den FC gekauft habe. Damit sei nun endgültig Schluß. Das hatte Jupp sich und allen anderen geschworen, als er Tom den Fünfziger zähneknirschend in die Hand gedrückt hatte.

In der neuesten Ausgabe der Köln-Revue war die erste Folge des Vorabdrucks von 'Bestechungsgeld für einen Toten' erschienen. Es hatte keine Einstweilige Verfügung gegeben, wie man befürchtet hatte. Im nachhinein waren sie im Januar vielleicht übervorsichtig gewesen.

„Hat die Köln-Revue eigentlich schon die erste Rate angewiesen?" rief Tom, der allein im Büro saß, durch die Tür zu Sonja rüber. Einen Augenblick lang hörte er nichts, dann kam Sonja rübergetippelt und hielt ihm einen aufgeschlagenen Schnellhefter unter die Nase.

„Letzte Woche schon." Sonja stand da in ihrem Leucht-Grün-Acrylpullover und war stolz auf ihre gute Ablage.

„Wo kaufst du eigentlich immer diese Pullover?" fragte Tom.

„Schick, nicht?" fragte Sonja, die die Frage offensichtlich falsch verstanden hatte, und drehte sich kokett.

„Grauenhaft!" sagte Tom. Sonjas hübscher Mund schmollte pikiert.

„Ihr lauft doch rum wie im Altersheim!" Sie hielt kurz inne. Das empörte Gesicht stand ihr wesentlich besser als der grüne Pullover. „Ist doch wahr! Hier könnte ruhig mal was Farbe rein! Ihr seht doch aus wie eure eigenen Opas."

Tom war wirklich überrascht, daß Sonja sich darüber Gedanken machte.

„Bei dir geht es ja noch, aber Jupp läuft wirklich rum wie vor fünfzig Jahren." Als Sonja merkte, daß Tom nichts erwiderte, wurde sie noch mutiger.

„Warum kaufst du dir nicht mal ein buntes, weites Hemd? Und wenn schon Krawatte, dann farbig und lustig!"

,,Aus Acryl?" warf Tom bissig ein. Die Wendung des Gesprächs gefiel ihm nicht.

,,Wieso Acryl?" fragte Sonja überrascht. ,,Das ist hauptsächlich Baumwolle. Da, fühl mal." Angeekelt streckte Tom seine Hand aus und betatschte den Pullover. Es schien tatsächlich Baumwolle im Spiel zu sein.

,,Du hast ja gar keine Ahnung", triumphierte Sonja, ,,das sieht alles nur so aus, weil es nachträglich eingefärbt ist."

,,Und wann färben sich die Leute mit ihren Sachen zusammen nachträglich ein?" fragte Tom, um das Thema abzuwürgen.

Sonja verstand die Frage nicht und machte sich zurück an ihren Schreibtisch. Sie nuschelte etwas, und obwohl Tom die Worte nachhallen ließ, um sie zu rekonstruieren, ergaben sie keinen Sinn. Nur das 'Blödmann' am Ende des Satzes schien ihm relativ sicher.

Im Hausflur hantierte jemand mit einem Schlüsselbund. Das Geräusch irritierte Tom. Ein Schlüssel wurde ausprobiert, schien aber nicht zu passen. Es klingelte Sturm, und Sonja fiel alles aus der Hand. Sie betätigte den Summer im gleichen Stakkatorhythmus. Draußen warf sich jemand gegen die Tür, die genau in dem Augenblick wieder blockierte. Jemand fluchte.

Tom stand auf, um zu sehen, was los war. Im gleichen Augenblick sprang die Tür auf, und Jupp fiel in die Wohnung. Tom lachte meckernd auf, bis er Jupps Gesichtsausdruck sah.

,,Was ist denn los?" fragte er beunruhigt. Jupp schob ihn zur Seite und stürmte zu Sonjas Schreibtisch.

,,Was ist das für ein Scheißspiel?" Sonja lief knallrot an und wollte etwas erwidern, aber Tom gab ihr ein Zeichen, sich zurückzuhalten. Er faßte Jupp um die Schulter, drehte ihn leicht ab und ging mit ihm zur Sitzgruppe vor seinem Schreibtisch.

Jupp löste sich wie in Trance aus Toms Arm, schloß die Flügeltür hinter sich und sank in einen der alten Thonetfreischwinger. Der Stuhl stöhnte auf. Es war wohl schlimmer als Tom befürchtet hatte.

,,Wir sitzen in der Scheiße", stieß Jupp mit belegter Stimme hervor.

,,Mal ganz ruhig, eins nach dem anderen. Was ist eigentlich los?"

„Der Verlag ist am Ende, wir können dichtmachen. Schluß, Ende, aus!" Tom verstand kein Wort. Es schien sich nicht um ein rationales Problem zu handeln.

„Bring mir was zu trinken." Tom sah Jupp fragend an und Jupp fügte hinzu: „Wasser."

Tom öffnete die Tür einen Spalt und bat Sonja, die verdächtig nahe an der Tür stand, Wasser zu bringen.

„Also, jetzt erzähl mal!" forderte Tom ihn energisch auf.

„Wir müssen vierzigtausend Mark bezahlen oder finden uns im Krankenhaus wieder, und hier", er machte eine allumfassende Bewegung, „hier tobt ein Räumkommando." Tom begann ernsthaft an Jupps Geisteszustand zu zweifeln.

„Jetzt mal ernsthaft, was soll das Gefasel?"

„Gefasel? Das ist verdammt nochmal kein Witz." Mehrmals schlug er sich heftig gegen die Stirn. „Und ich verdammter Esel! Es ist meine Schuld!" Tom verstand gar nichts mehr.

Sonja kam mit einer Flasche Wasser und zwei Gläsern rein, stellte alles ab und verschwand sofort wieder, ohne einen Ton zu sagen.

„Also los, was ist jetzt!" Tom beugte sich vor und stieß Jupp an, um seiner Aufforderung Nachdruck zu verleihen.

„Heute nacht sind die Redaktionsräume der Köln-Revue demoliert worden, und Knöspel liegt im Krankenhaus."

„Woher weißt du das denn?"

„Die haben mich vorhin zu Hause angerufen."

„Und was hat das jetzt mit uns zu tun?"

„Was das mit uns zu tun hat? Es geht um 'Bestechungsgeld für einen Toten', verstehst du? Das Scheißmanuskript ist der Grund."

Tom war skeptisch. Für ihn ergab das keinen Reim. Jupp oder die Leute von der Köln-Revue schienen da irgendetwas durcheinandergebracht zu haben.

„Die nehmen dich vielleicht nur auf den Arm. Da ist irgendwas passiert, und die wollen damit Reklame machen."

Jupp holte schwer atmend Luft und begann, als müsse er einem Idioten völlig plausible Sachen zum zehnten Mal erklären.

„Du kapierst also gar nichts. Vielleicht erinnerst du dich, daß die Köln-Revue 'Bestechungsgeld für einen Toten' vorabdruckt. Gestern nacht saß Knöspel noch spät in der Redaktion, weil er zu arbeiten hatte. Allein. So gegen drei Uhr wird die Tür eingetreten und er bekommt Besuch. Das muß einer dieser Trupps gewesen sein, die früher besetzte Häuser geräumt haben oder sowas. Diese Typen haben systematisch die Redaktion in Einzelteile zerlegt, und das Einzige, was sie mitgenommen haben, war das Manuskript."

„Bestechungsgeld für einen Toten?" fragte Tom ungläubig.

„Ja, natürlich", gab Jupp laut und gereizt zurück. „Was sonst?"

„Aber warum?"

„Warum, warum? Woher soll ich das wissen?"

„Und Knöspel?"

„Knöspel haben sie eine ordentliche Tracht Prügel verpaßt. Der ist genäht worden und hat zwei gebrochene Rippen. Dann haben sie gesagt, er soll mit dem Abdruck aufhören. Und ob es noch andere Kopien von dem Manuskript gäbe."

„Und was hat Knöspel gesagt?" fragte Tom gespannt, dem die Geschichte langsam unheimlich wurde.

„Wie die Leute von der Köln-Revue gesagt haben, hat er dicht gehalten."

„Also von uns weiß keiner was?" vergewisserte sich Tom. Jupp schüttelte den Kopf. Aber da schien noch etwas zu sein. Tom wartete einen Augenblick, bevor er fragte.

„Und weiter?" Es war Jupp sichtlich unangenehm.

„Die drucken das nicht weiter."

„Natürlich hören die jetzt auf, das Ding zu drucken. Klar, das würde ich an deren Stelle auch tun", sagte Tom und atmete auf. „Deshalb haben wir das ja gemacht, oder?"

„Ja", antwortete Jupp gequält, „aber vor zwei Wochen, als ich den Vertrag bei Lommer II unterzeichnet habe, da habe ich etwas unterschrieben, wovon ich dir nichts gesagt habe. Ich hielt es einerseits für unwichtig, und andererseits fand ich es auch irgendwie blöd, daß ich es unterschrieben habe." Tom wurde jetzt ungehalten.

„Wir haben den Vertrag doch gemeinsam gelesen. Der war doch okay. Wir haben uns zwar verpflichtet, das gesamte Manuskript in einer Auflage von mindestens fünftausend Exemplaren zu drucken und in den Vertrieb zu bringen, aber wenn wir das nicht tun, hat Lommer II auch nur mit Zitronen gehandelt. Wir sind vertragsbrüchig — und dann?"

„Das ist es ja eben", sagte Jupp niedergeschlagen.

„Ich bin zu Lommer gefahren, und da habe ich zusätzlich eine Regreßklausel unterschrieben, daß der Verlag im Falle des Nichterscheinens innerhalb von zwei Monaten eine Konventionalstrafe in

Höhe von vierzigtausend Mark zu zahlen hat.“ Tom fiel aus allen Wolken.

„Wie konntest du sowas unterschreiben?“

„Das frag ich mich jetzt natürlich auch, aber damals dachte ich, dadurch, daß die Köln-Revue das abdruckt, wäre der Vertrag sowieso erfüllt, ohne daß wir es überhaupt drucken müssen. Wer konnte ahnen, was da auf uns zukommt!“

„Also, das ist ja ein starkes Stück!“

„Ja, ich weiß, aber Christa fand das Manuskript doch auch unbedenklich.“

„Egal, wie du mir das verkaufst, es ist und bleibt eine Riesendummheit.“

„Ich weiß, ich weiß. Ich habe einen verdammten Bock geschossen! Aber versuch mich zu verstehen, Tom. Die Sache schien doch völlig klar zu sein. Ich dachte, wir seien doppelt abgesichert. Der alte Fuchs hat mir das Ding wie eine kleine Formalität untergejubelt.“

Tom schüttelte den Kopf. Wenn das der Weisheit letzter Schluß wäre, würde ihnen der Verlag wie eine Kinderpost im Wind weggeweht, und sie würden nichts dagegen unternehmen können. Vierzigtausend Mark, das war fast das Doppelte von dem, was sie überhaupt hatten. Es war irgendwie ein böser Traum, ein Versehen.

„Ich frag mich, wie man dazu kommt, sowas zu unterschreiben, so ein — ja, ein Todesurteil!“

„Frag mich nicht, Tom. Ich habe keine Ahnung. Ich kann selbst kaum glauben, daß ich das wirklich getan habe. Deshalb habe ich dir nie was davon gesagt. Es kam mir schon völlig krank vor, als ich aus der Kanzlei von Lommer II kam.“

Tom wehrte ab, um Jupps Redeschwall zu stoppen. Es war sinnlos. Wenn überhaupt, mußte man sich überlegen, wie man aus den Sache wieder rauskäme.

„Hast du die Zimmernummer von Knöspel?“ fragte er, um überhaupt mal einen Anfang zu machen, die Dinge in den Griff zu bekommen. Jupp schüttelte den Kopf, und Tom sprach, ohne die Stimme zu heben, gegen die Tür:

„Sonja, ruf mal die Uniklinik an und frag, in welchem Zimmer Knöspel liegt.“ Sonjas Schritte entfernten sich. Jetzt wußte sie jedenfalls, daß sie möglicherweise ihren Job verlieren würde.

„Was willst du machen?“ fragte Jupp in einem Ton, als sei alles sinnlos geworden.

„Alles", antwortete Tom trotzig. „Ich werde alles tun, um zu verhindern, daß wir den Verlag verlieren. Und ich finde, du hast allen Grund, nichts unversucht zu lassen, um uns aus dieser Scheiße wieder rauszuziehen."

Jupp schüttete Wasser ins Glas und bot es Tom an.

„Ich brauche erstmal einen Grappa." Tom ging ans Regal, holte die Flasche und schüttete sich einen ordentlichen Schluck ins Wasserglas. Er kippte den Grappa und schüttelte sich.

„Du hast recht. Wir müssen nach einer Lösung suchen", sagte Jupp, „wir können nicht einfach aufstecken, aber ich war so fertig, weil ich dir die Sache mit der Konventionalstrafe verschwiegen hatte."

Sonja klopfte an, bevor sie reinkam und sah beide prüfend an, ob die Probleme irgendwelche Spuren in ihren Gesichtern zurückgelassen hatten.

„Zimmer 408, Besuchszeit ist von 15—17 Uhr und abends nochmal ..." Tom winkte ab.

„Um halb drei fahren wir zu Knöspel und fragen mal ganz genau, was passiert ist. Dann wissen wir mehr." Sonja fragte, ob sie ihnen noch irgendwie behilflich sein könnte.

„Indem du dir mal einen anderen Pullover anziehst", frotzelte Tom. Sie streckte ihm die Zunge raus, hielt sich dann aber die Hand vor den Mund.

„Entschuldigung!"

Tom lachte, und Jupp fand langsam seine alte Fassung wieder.

„Wird schon werden", sagte Tom aufmunternd. Aber sehr sicher war er sich selbst nicht.

V.

Auf der Fahrt zur Uniklinik sprachen sie kaum. Jupp war in Gedanken versunken, und Tom zwang sich, auf den Verkehr zu achten.

Sie fuhren die Zülpicher Straße hoch. Hinter der Mensa stand ein Streifenwagen. Es sah nach einer Verkehrskontrolle aus. Tom zerrte fluchend seinen Sicherheitsgurt nach vorn und stieß Jupp in die Rippen. Tom sah kurz nach unten, als er den Gurt einrasten ließ, und mußte voll in die Bremsen steigen, um dem Vordermann nicht draufzufahren.

„Verdammt, kaum stehen ein paar Bullen rum, fahren die Idioten wie hypnotisierte Kaninchen!"

Die ganze Spur kam zum Stehen. Ein Polizist winkte einen Abschleppwagen der Mauritiusgarage von der gegenüberliegenden Fahrbahn herüber. Tom war gereizt.

„Die Herren von der Polizei bessern ihr Taschengeld auf. Kaum parkt jemand zehn Zentimeter auf dem Radweg, sind die Jungs schon da. Das nenne ich bürgernahe Kommunalpolitik. Am besten machen die den Chef der Mauritiusgarage zum Stadtkämmerer und schaffen einfach alle Parkplätze ab. Dann braucht die Stadt die Gewerbesteuer bestimmt nicht zu erhöhen." Endlich ging es weiter.

Zu Beginn der Besuchszeit war vor der Uniklinik natürlich nicht an einen Parkplatz zu denken. Tom parkte den Peugeot direkt neben dem Parkwächterhaus und blockierte damit zwei geparkte Wagen. Bevor der alte Mann etwas sagen konnte, drückte Tom ihm die Autoschlüssel und fünf Mark in die Hand.

„Das Auto ist nicht schwerer zu fahren als andere." Der Mann wollte etwas erwidern, aber das Fünfmarkstück war ein überzeugendes Argument.

Zimmer 408 war ein Zweibettzimmer. Wenn sie nicht gewußt hätten, daß Knöspel dort liegen sollte, hätte in den Verbänden im Bett am Fenster genausogut Toni Schumacher stecken können. Knöspels Zimmergenosse schien es wesentlich besser zu gehen, denn er fragte direkt nach Zigaretten. Tom warf ihm eine rüber und wollte sich eine anstecken, aber da bekam er von dem Schnorrer die rote Karte.

„Rauchen ist hier verboten!" Jupp stand schon neben Knöspels Bett und sah ihn prüfend an.

„Da habt ihr uns ein schönes Kuckucksei ins Nest gelegt", flüsterte Knöspel. Jupp zuckte mit den Schultern und zog sich einen Stuhl ran.

„Das konnten wir doch nicht wissen." Tom trat ans Bett und zeigte sich in Knöspels eingeengtem Gesichtskreis. Nur das rechte Auge war frei, das andere verschwand unter einer Augenklappe. Der Rest war Verband.

„Wie geht's denn so?" fragte Tom und versuchte, seiner Stimme einen positiven Klang zu geben.

„Könnte kaum besser gehen, du Witzbold", stieß Knöspel hervor. Jupp schüttelte den Kopf und fragte Tom mit den Augen, wie er nur so einen Blödsinn sagen konnte.

„Können wir dir irgendwie helfen?" Jupp legte wieder die Pfarrer-Sommerauer-Platte auf.

„Ja, überweist mir die erste Rate für den Vorabdruck zurück und laßt euch nie mehr blicken."

„Volker, hör mir bitte einen Augenblick zu! Wir konnten doch nicht wissen, daß es mit dem Manuskript Ärger geben würde", log er. „Wir müssen jetzt irgendwas unternehmen. Aber dazu müssen wir erst mal genau wissen, was passiert ist."

Knöspel schwieg einen Augenblick und versuchte, sich aufzurichten. Jupp half ihm und gab Tom ein Zeichen, mit anzufassen. Knöspel stöhnte leise. Der gesamte Brustkorb war verbunden. Schön sah das nicht aus. Knöspel warf ihnen mit seinem rechten Auge einen bösen Blick zu.

„Ich bin sauer, stinksauer!" Vorsichtig drehte er den Oberkörper, um besser sprechen zu können.

„Klar ist es nicht eure Schuld. Und genaugenommen kann ich mir keinen Reim auf die Geschichte machen. Ich habe mich gefragt, wer an dem Ding so ein großes Interesse haben kann. Das sind ja schließlich nicht die Watergate-Tonbänder." Knöspel schwieg, und Tom und Jupp sahen sich an.

„Wahrscheinlich hatte ich nur das Pech, so spät noch in der Redaktion zu sein", stellte Knöspel resigniert fest.

„Was waren das denn für Typen?" fragte Jupp.

„Einen habe ich zufällig erkannt. Von dem haben wir vor zwei Jahren mal im Zusammenhang mit der Räumung von besetzten Häusern durch Schlägertrupps im Auftrag der Sanierer ein Foto gemacht. Das könnt ihr euch in der Redaktion mal ansehen und euch einen Abzug mitnehmen." Knöspel griff nach Jupps Hand.

„Aber kein Wort zur Polizei, ich überlege mir noch, ob ich die offiziell identifiziere." Er machte eine kurze Pause. „Auf noch so 'ne Abreibung hab ich keinen Bock."

Jetzt war es also völlig klar: es ging tatsächlich um das Manuskript. Unglaublich. Damit hatten sie wirklich nicht gerechnet.

„Volker", sagte Jupp und rückte seinen Stuhl näher an das Krankenbett, „für unseren Verlag ist diese Geschichte zur Existenzfrage geworden. Wir haben einen Vertrag mit dem Rechtsanwalt, der den anonymen Autor vertritt. Darin ist eine saftige Konventionalstrafe für den Fall festgelegt, daß das Buch nicht veröffentlicht wird."

„Dann habt ihr uns also nur vorgeschoben?"

„Nein, eure Veröffentlichung, also der Vorabdruck, gilt im Sinne des Vertrages nicht als Druck", log Jupp. Knöspel schien erleichtert.

„Verstehe!"

„Ich sage das nur, um dir zu zeigen, wie ernst es für uns ist."

„Von meiner Seite habt ihr jede Unterstützung in der Sache, da steh ich für ein."

Jupp streckte ihm die Hand hin. Knöspel sah ihn an, warf einen Blick auf Tom und schlug ein.

„Wir ziehen also am gleichen Strang!" proklamierte Jupp feierlich.

„Unbedingt", antwortete Knöspel, während sie sich noch die Hände schüttelten. „Schließlich möchte ich wissen, welchem Umstand ich die größte Tracht Prügel meines Lebens zu verdanken habe."

VI.

Der Verlag der Köln-Revue lag in einem Hinterhaus in der Händelstraße. Ein gutes Dutzend Hollandräder lehnte an der Backsteinwand unterhalb der Stahltreppe, die zu den Redaktionsräumen im Hochparterre führte. Einige Graffiti-Künstler hatten sich an den Wänden verewigt, waren aber immer irgendwie bei 'Atomkraft — nein danke' und Ähnlichem gelandet.

Die Stufen knarrten, erstaunlich genug für eine Stahltreppe. In der Redaktion schlug ihnen eine unterkühlte Atmosphäre entgegen. Die meisten Mitarbeiter konnten sich kaum zu einem Gruß aufraffen. Das Feindbild schien klar, und es sah nicht so aus, als wolle sich hier jemand mit ihnen auf ein längeres Gespräch einlassen. Von der Gewaltorgie der vergangenen Nacht waren nur noch vereinzelte Spuren zu sehen. Eine zertrümmerte Deckenlampe, ein Büroschrank ohne Türen und ein aufgeschlitzter Sessel. Eine Weile standen sie unschlüssig im Raum.

„Wir haben mit eurem Chef die Friedenspfeife geraucht", sagte Tom.

„Hier gibt es keinen Chef, wir sind ein Kollektiv", erwiderte eine dürre Brillenschlange, die in einer Ablage stocherte.

„Umso besser", gab Tom zurück, „dann haben wir eine kollektive Friedenspfeife geraucht. Einer für alle, alle für einen."

Toms Humor kam nicht gut an. Jupp mußte übernehmen, aber bevor er was sagen konnte, kam aus dem hinteren Teil des Raumes einer der Redakteure auf sie zu. Es schien sich um eine Art Abgesandten zu handeln, der Redevollmacht hatte.

„Volker hat mich angerufen. Ich soll euch einen Abzug von dem Typen geben, der gestern nacht dabei war." Er streckte ihnen ein Foto entgegen und drehte sofort wieder ab, nachdem Jupp das Bild an sich genommen hatte.

Tom empfand die Behandlung als unangemessen und wollte nicht so einfach abhauen.

„Ihr seid ein selbstgerechter Scheißhaufen", trötete er in den Raum, in dem es augenblicklich still wurde. „Kommt euch wohl ganz toll vor, wir sind der Klassenfeind und ihr macht auf Volksfront. Wir halten schließlich für die Sache unseren ganzen Verlag hin!"

Die Stille hielt noch einen Augenblick an, dann ergriff der Abgesandte das Wort:

„Hör mal, Mann, das war nicht so gemeint, das war eine überzogene Kollektivreaktion unter Schock, natürlich sind wir solidarisch..." Tom unterbrach ihn barsch.

„Auf so einen schleimigen Vortrag habe ich jetzt gewartet! Wenn ich nichts gesagt hätte, hättet ihr nicht mal 'Wiedersehen' rausgekriegt."

Die Blindschleiche mischte sich ein:

„Ich war von Anfang an dafür, mit euch zusammenzuarbeiten..." Plötzlich brach ein Riesenlamento los und alle redeten durcheinander.

„Komm, wir gehen. Die kotzen mich an."

„Die sind auch im Streß, genau wie wir", sagte Jupp.

„Kein Grund, sich so dämlich zu benehmen. Kinderspiele. Immerhin ist das hier eine ernste Sache, und wahrscheinlich steckt hinter der ganzen Geschichte jemand, bei dem es sich wirklich lohnt, ihm mal auf die Finger zu klopfen."

„Ja, aber sieh das mal aus deren Sicht..."

„Sieh das mal aus deren Sicht", äffte Tom Jupp nach. „Uns geht es an den Arsch, verstehst du! Und das kann ich nur aus einer Sicht sehen! Schließlich solltest du das am besten wissen. Du hast uns die Scheiße eingebrockt."

Jupp schwieg. Er war sich nicht sicher, wie er an Toms Stelle reagiert hätte. Immerhin war das wirklich ein dickes Stück, das er da gebracht hatte.

„Komm, wir gehen rüber zum Heribert Weiß und trinken ein Kölsch", sagte Jupp versöhnlich.

„Ich will kein Kölsch trinken, sondern das Problem aus der Welt haben, klar?" Das war klar, und sie fuhren schweigend zurück in den Verlag.

Es war schon halb sechs, und Sonja saß noch immer an ihrem Schreibtisch, als sie zurückkamen.

„Ich habe gewartet, bis ihr wieder hier seid, falls noch irgendetwas zu erledigen ist". Tom überlegte kurz.

„Geh mal rüber zum Rudolfplatz und kauf zehn Köln-Revue bei der Alten am Kiosk und laß dir 'ne Quittung geben. Und ein Päckchen Players und Zigarillos, du weißt schon."

Sonja machte sich auf den Weg. Jupp versuchte, Christa in der Kanzlei anzurufen, aber er erreichte nur den Telefonbeantworter. Tom hörte das Quäken der Stimme vom Band.

„Versuch es mal privat", sagte er.

„Später, wahrscheinlich ist sie noch in der Kanzlei und hat den Anrufbeantworter angestellt, weil soviel zu tun ist."

„Ich werf die Espressomaschine an, und wir nehmen uns mal den Vorabdruck vor. Irgendwas muß doch zu finden sein, ein Anhaltspunkt oder ein Hinweis." Jupp zog das Foto aus der Tasche, betrachtete es und gab es dann Tom.

„Wenn dieser widerliche Typ mit seiner Truppe besetzte Häuser leergeprügelt hat, ergibt das vielleicht einen Sinn. Dann muß das aus der Ecke eines Umweltschweins kommen, das auch Häuser hat."

„Hab ich auch schon drüber nachgedacht", erwiderte Tom. „Muß aber nicht unbedingt sein. So ein Arsch gibt sich für jede Schweinerei her, wenn ein paar Mark dabei herausspringen."

„Auch wieder richtig", brummte Jupp. „Trotzdem könnte das eine Möglichkeit sein."

„In dem Vorabdruck muß eine Information oder ein Hinweis sein, den irgendjemand als Drohung versteht", ließ Tom seinen Gedanken freien Lauf. „Vielleicht gehen der Autor und Lommer gar nicht davon aus, daß wir das Geld zahlen, sondern wir machen nur den Büttel, um irgendwen aus der Reserve zu locken."

„Dann wären die Informationen oder Hinweise, die in dem Manuskript versteckt sind, nur zu verstehen, wenn man über bestimmte Vorkenntnisse verfügt", kombinierte Jupp weiter.

„Alles Quatsch", sagte Tom mit einer wegwerfenden Handbewegung.

„Wieso?" fragte Jupp enttäuscht.

„Der Autor und Lommer II konnten nicht davon ausgehen, daß wir das zunächst vorabdrucken ließen, sondern mußten annehmen, daß wir das Ganze komplett als Buch rausbringen."

„Ja, aber dann hätten die Fahnen des Korrekturabzugs die gleichen Funktionen übernehmen können."

„Wenn es aber eine Erpressung ist, warum erpreßt derjenige den möglichen Anderen nicht direkt?"

„Auf diese Art und Weise wird der Erpreßte nie erfahren, von wem er erpreßt wurde. Vielleicht weiß der Erpresser auch nicht alles und hält nur mal mitten rein."

„Das ist eine interessante Möglichkeit", gab Tom zu. „So gesehen ganz schön clever, wie wir vor den Karren gespannt werden, falls es so ist. Klingt allerdings ziemlich logisch." Sonja kam mit Zigaretten, Zigarillos und zehn Exemplaren Köln-Revue zurück.

„Übrigens, die Alte am Kiosk hat mir erzählt, daß ihr jemand die ersten zwanzig Exemplare der Köln-Revue geschlossen abgekauft hat."

„Wie?" fragte Jupp überrascht. „Jemand hat der zwanzig Exemplare der Köln-Revue abgekauft?"

„Ja, die Alte hat es mir erzählt, weil ich auch gleich zehn Exemplare wollte." Tom ging schon zur Tür.

„Komm, Jupp, wir reden mal mit der Alten." Sonja sah auf ihre Uhr.

„Zu spät! Die ist bestimmt schon weg, ihr Mann hatte schon die Gitter eingehängt."

„Hat die sonst noch was erzählt?" Sonja überlegte kurz:

„Nur, daß es ein älterer Herr war und daß er die Hefte in den Kofferraum geworfen hat. Nicht mal gezählt hat er, meinte die Alte." Tom sah Jupp an.

„Und was fuhr der Typ für ein Auto?"

„Habe ich nicht gefragt, aber das wird sie sicher wissen. Ihr könnt ja morgen nochmal nachfragen, die machen ja schon um sieben auf."

„Was will uns der Dichter damit sagen?" sinnierte Jupp. „Ein älterer Herr kauft zwanzig Exemplare Köln-Revue. Das passiert nicht alle Tage". Sonja stand unschlüssig in der Tür.

„Also, ich gehe dann", sagte sie in das Schweigen der beiden hinein.

„Ja, ja", sagte Tom abwesend, „bis morgen. Und vielen Dank." Sonja ging zur Tür und sah sich nochmal um. Die beiden standen da, als wollten sie sich gegenseitig hypnotisieren. Leise zog sie die Tür hinter sich ins Schloß.

„'Bestechungsgeld für einen Toten', wie ist das zu verstehen? Ein Toter soll Bestechungsgeld bekommen, oder jemand wird für einen Toten bestochen?" Jupp zog die Schultern hoch und schob die Unterlippe nach vorn.

„Das kannst du verstehen, wie du willst, Tom."

Sie nahmen sich den Text in der Köln-Revue noch einmal vor. Jeder machte Striche oder Fragezeichen an Stellen, die von Bedeutung sein konnten.

„Der Schwerpunkt der ganzen Geschichte liegt bei den Genehmigungen für das Einleiten von Schadstoffen, der Entsorgung von Industriemüll und ähnlicher Ferkeleien."

„Ja, aber es bleibt immer allgemein, nie wird dabei ins Detail gegangen. Dieser Journalist stochert überall rum, um herauszubekommen, wer den Vater seiner Verlobten, den LKW-Fahrer, so unter Druck gesetzt hat, daß der vor Gericht behauptete, eigenmächtig gehandelt zu haben. Aber da ist doch nichts Konkretes in der ganzen Story."

„Was machen wir, wenn wir in dem Manuskript überhaupt nichts Verwertbares finden?" fragte Tom.

„Das habe ich mir schon überlegt. Dann werde ich Onkel Theo anhauen, den Bruder meiner Mutter. Der steckt bis über beide Ohren im Klüngel. Wenn der das Manuskript liest und findet keinen Hinweis, können wir das Ganze vergessen."

„Was macht der denn?" wollte Tom wissen.

„Alles, was Geld bringt, Baugeschäft, Kiesgruben und so weiter."

„Ach der", sagte Tom.

„Ja, der", antwortete Jupp. „Aber wenn es ohne ihn ginge, wäre es mir lieber. Erstens habe ich ihn Jahre nicht gesehen und zweitens ist er nicht mein Lieblingsonkel."

„Verstehe", nickte Tom.

„Wahrscheinlich nicht, aber trotzdem werde ich ihn anhauen, wenn es sein muß."

Es war nach Mitternacht, als sie schließlich aufgaben. Sie hatten den Text mehrmals gelesen, ohne etwas herauszufinden.

„Also, mir ist das Ding ein Rätsel. Von vorne bis hinten", stöhnte Jupp auf, hob den Stapel Papier hoch und ließ es auf den Schreibtisch fallen. Das Geräusch schien die stehengebliebene Zeit wieder in Bewegung zu setzen. Tom lehnte sich im Stuhl zurück, gähnte und streckte sich. Er sah auf die Uhr.

„Gleich halb drei. Verdammt, wie die Zeit vergeht."

„Ich würde noch gern einen trinken", sagte Jupp und fuhr sich mit der Zunge über die trockenen Lippen.

Die Brüsseler Straße lag fast völlig im Dunkeln. Nur im Baghwan-Restaurant brannte noch Licht. Die Nacht war kühl und die beiden fröstelten nach dem stundenlangen bewegungslosen Hocken im Verlag. Sie gingen Richtung Venloer Straße. Ein leichter Nieselregen setzte ein. Das Neonlicht des 24-Stunden-Waschsalons fiel hell auf die menschenleere Straße. Ein einsames Pärchen saß trostlos da und starrte auf die Maschinen. Am Taxistand schlief ein Fahrer in seinem Wagen.

Die einzige Kneipe, die in der Gegend mit Sicherheit nach drei noch aufhatte, war das Tiffany. Es gab zwar ein paar Flüsterschuppen, die bis in den frühen Morgen aufhielten, aber das war immer Glücksache. Das Tiffany war sicher offen und hatte immer Glenfiddich im Regal.

Selbst für eine Dienstagnacht waren zehn Gäste im Tiffany weit unter Durchschnitt. Es war so wenig los, daß die zwei Glenfiddich auf der Theke standen, bevor sie überhaupt im Lokal waren, so kam es ihnen zumindest vor. Am Tresen hatte der harte Kern der Unentwegten festgemacht. Der Türsteher saß auf der Treppe und las Express.

„Hast du zufällig das Foto von der Köln-Revue dabei?" fragte Tom. Jupp nickte und gab es ihm. Tom ging zum Türsteher. Als er sich ihm näherte, sah der Mann mit dem Babygesicht auf und musterte ihn mit harten Augen. Die Störung schien ihn nicht zu begeistern. Tom hielt ihm das Foto hin.

„Kennst du den zufällig?" fragte Tom und versuchte, seiner Stimme einen festen Klang zu geben. Nachdem er sich den Typ auf dem Foto angesehen hatte, schüttelte Babygesicht den Kopf und wandte sich wieder seinem Express zu:

„Solche Typen kennen wir nicht. Das ist irgend so ein Drecksskin."

„Wo laufen so Typen denn rum?" fragte Tom nach, obwohl er nicht mehr damit rechnete, eine Antwort zu bekommen.

„Hier in der Innenstadt nicht. Ehrenfeld, Chorweiler oder so. Wahrscheinlich FC-Fanclub oder Bomberjacken-Asis."

Das war mehr, als Tom erhofft hatte, half ihm aber auch nicht viel weiter. Jupp hatte schon einen Preis für die Flasche ausgehandelt und reichlich nachgeschenkt. Der Alkohol entspannte, das konnten sie nach diesem Tag gebrauchen.

Als die Putzbeleuchtung anging, war die Flasche zu zwei Dritteln leer, und sie machten sich auf den Heimweg.

Der Nieselregen hatte aufgehört. Die kalte Luft stand vor Feuchtigkeit. Ihr Atem, weiß vor ihren Gesichtern, roch nach Whisky. Für einen Augenblick belebte sich die Straße, dann waren die meisten der späten Gäste verschwunden, und es war wieder still. Das einzige, was zu hören war, war das Knarren von Jupps Schuhen und das leise Schnalzen von Toms Kreppsohlen. Oben am Friesenplatz fuhr eine hellerleuchtete Bahn Richtung Kaiser-Wilhelm-Ring. Endstation Fordwerke.

Schweigend gingen sie weiter. Ein Lieferwagen kam die Antwerpener Straße hoch, stoppte auf der Ecke, und der Fahrer warf einen Stapel Zeitungen in einen Hauseingang.

„Etwas können wir gleich noch tun", sagte Tom.

„Was?"

„Alle Namen aus dem Manuskript rausschreiben. Vielleicht werden wir da fündig."

„Keine schlechte Idee", meinte Jupp und gähnte.

Als sie von der Lütticher in die Brüsseler Straße einbogen, zog Tom Jupp am Sakko zurück hinter eine Hecke.

„Da unten in der Nähe unseres Eingangs machen zwei Typen rum", flüsterte er. Jupp spähte um die Ecke und sah sie.

Der Peugeot stand direkt vor dem Verlag. Er konnte aber nicht erkennen, an welchem Wagen sich die beiden zu schaffen machten. Es konnte der Peugeot sein.

„Ich dachte, die wissen nichts von uns?" fragte Jupp.

„Wenn die unseren Wagen knacken, muß das ja nicht unbedingt was mit dem Manuskript zu tun haben." Jupp trat hinter der Hecke hervor und sagte laut:

„Ist mir egal! Ich sehe nicht ruhig zu, wie jemand meinen Wagen aufbricht!" Nach diesem harten Tag war es offensichtlich ein Whisky zuviel gewesen. Tom hatte keine Wahl, er mußte hinter Jupp her. Er konnte ihn schließlich nicht in sein Unglück laufen lassen. Jupp ging schnell, mit weit ausholenden Schritten, so daß Tom Mühe hatte, zu folgen. Die beiden Schatten waren wie vom Erdboden verschwunden. Wenn es dieselben waren wie bei Knöspel, dann auf Wiedersehen im Streckgips.

Jupp moserte ununterbrochen wütend vor sich hin und beschleunigte seinen Schritt, je näher er der Stelle kam, an der sie die beiden Gestalten gesehen hatten. Tom dachte an Knöspel und sah Jupp vor sich. Er fühlte Entschlossenheit in sich hochsteigen, diesen Typen die Stirn zu bieten. Jupp war fast bei dem Peugeot angekommen, als die zwei Unbekannten aufsprangen und davonrannten. Jupp riß die Faust hoch und hechtete ihnen einige Meter hinterher. Blieb dann stehen und schrie mit sich überschlagender Stimme:

„Haut bloß ab, ihr Drecksäcke! Mit uns könnt ihr das nicht machen! Wir hauen euch auf die Schnauze!" Schwer atmend stand er auf der Straße. Tom untersuchte den Peugeot, aber im Dunkeln schien alles in Ordnung. Jupp kam schnaubend zurück. Sie hatten beide zu viel getrunken.

„Komm, wir hauen uns die paar Stunden im Verlag aufs Ohr und machen morgen weiter." Im Nachbarhaus ging Licht an, und eine Silhouette tauchte hinter der Gardine auf.

„Das waren irgendwelche Autoknacker", sagte Tom leise.

„Weiß ich doch", sagte Jupp und lachte. „Erst hatte ich Schiß, aber dann konnte ich mich selbst nicht mehr stoppen. Ich war heilfroh, als die beiden abgehauen sind." Beide lachten.

VII.

Sonja stieß einen lauten Schrei aus, als sie am nächsten Morgen in den Verlag kam und Jupp auf dem Sofa, Tom auf zwei zusammengeschobenen Sesseln liegen sah. Tom tauchte verknautscht aus dem Polster auf und sah auf die Uhr. Halb zehn. Jupp wälzte sich schnaubend auf dem Sofa.

„Guten Morgen ist wahrscheinlich nicht die richtige Begrüßung im Augenblick“, schnatterte Sonja sofort los. „Am besten, ich mache erst mal Kaffee.“

Das war im Augenblick wirklich die beste Idee, dachte Tom, während er Jupp in den Hintern trat, um ihn vom Sofa hochzubekommen. Das Telefon klingelte, und Sonja stürzte aus der Kaffeeküche, um die beiden von dem lästigen Geräusch zu befreien. Jupp sprang, wie von der Tarantel gestochen, in die Senkrechte.

„Wie, was?“ stotterte er. Sonja musterte die beiden amüsiert.

„Ja, hier Reib-Verlag. — Nein. Im Augenblick ist keiner von beiden anwesend. — Ja, ich notiere. Auf Wiedersehen.“ Tom versuchte einen Einwand, aber Sonja hatte schon eingehängt und war wieder auf dem Weg in die Kaffeeküche.

„War die Rechtsanwaltskanzlei Dyckhoff. Ihr könnt die Anwältin zurückrufen, sie ist den ganzen Vormittag da.“

„Können wir“, wiederholte Tom sinnierend. Irgendwie war Sonja eine Spur zu keß.

„Fangen wir eigentlich neuerdings um halb zehn an?“ rief er ihr hinterher. Sonja steckte den Kopf aus der Kaffeeküche.

„Wenn ich meine beiden Chefs sehe, ist auch das noch zu früh. Was mich betrifft, ich war schon bei der Alten am Kiosk und habe mir alles notiert, was ihr zu dem Käufer der zwanzig Köln-Hefte einfiel.“

„Verdammt, du bist ja richtig auf Zack“, sagte Tom anerkennend. „Laß sehen!“

„Gleich“, rief Sonja zurück. „Trinkt erst mal einen Kaffee.“

Jupp stand wie ein Schlafwandler vom Sofa auf und verschwand im Bad.

Die Türglocke läutete. Tom bestätigte den Summer. Es klingelte wieder, und Tom drückte nochmal den Summer. Sonja kam in die Diele.

„Wer ist das?" fragte sie, und Tom folgte Sonjas erstauntem Blick in Richtung Tür. Als er die zwei Männer sah, wußte er, daß es ein Fehler gewesen war, ohne Rückfrage die Tür aufzudrücken.

Der erste war lang und hätte dürr gewirkt, wenn seine Jacke nicht so gut gefüllt gewesen wäre. Er hatte ein Pferdegesicht und eine entfernte Ähnlichkeit mit Fernandel, aber es schien nicht ratsam, über ihn zu lachen. Hinter ihm kam eine Figur zum Vorschein, die mit Peppone nicht die geringste Ähnlichkeit hatte. Sein Minipli hing ihm schlaff in die Stirn. Die frühe Stunde schien nicht die stärkste Zeit der beiden zu sein, aber dafür, daß sie so aussahen, als hätten sie in dieser Nacht noch kein Bett gesehen, hielten sie sich sehr gut.

„Einen schönen guten Morgen, meine Dame, mein Herr", sagte der Mann mit dem Pferdegesicht. „Wo ist, wenn ich fragen darf, der zweite Mann?"

Tom zeigte wortlos in Richtung Bad. Das wäre überflüssig gewesen, denn genau in dem Augenblick kam Jupp heraus. Er brauchte eine ganze Weile, bis er begriff, was los war. Er wollte etwas sagen, aber die Stimme versagte ihm den Dienst.

Mit einer Geste auf seinen Begleiter sagte das Pferdegesicht:

„Darf ich vorstellen: Das Schwein." Keiner lachte, denn ihnen war des Wortes tiefere Bedeutung völlig klar.

„Um es kurz zu machen", sagte das Pferdegesicht, während sein Spannmann ununterbrochen auf den Inhalt von Sonjas Acryl-Baumwollpullover starrte, „wir sind hier, um ein Manuskript mitzunehmen, an dem Freunde von uns ein starkes Interesse haben." Er blickte kurz in die Runde. „Ich nehme an, ich muß nicht deutlicher werden." Er sah Tom an.

„Geben Sie mir alle Exemplare, damit wir uns nicht noch einmal hierher bemühen müssen." Mit einem Seitenblick auf das Schwein fuhr er fort: „Sollte ich wiederkommen müssen, weil Sie mir nicht alle Kopien des Manuskripts gegeben haben, würde sich darüber nur einer freuen: das Schwein."

Das Schwein lachte glucksend. Tom suchte eilig alle Kopien des Manuskripts zusammen, die sie im Verlag hatten und legte sie vor das Pferdegesicht auf den Schreibtisch. Der Unterwelt-Don Camillo nahm sie an sich und ging an seinem Begleiter vorbei in Richtung Tür. Das Schwein formte den Mund zu einem runden Loch und ließ seine Zunge auf und ab schnellen. Dabei sah er Sonja an. Als sie sich angeekelt abdrehte, stieß er wieder sein glucksendes Lachen aus, das abrupt abbrach, als er mit heiserer Stimme sagte:

„Ich hoffe, wir sehen uns wieder." Das Pferdegesicht ließ das Schwein an sich vorbei, zeigte auf das Manuskript und sagte zu Tom:

„Ich hoffe, du hast uns nicht betrogen, du Schlauberger, sonst nehme ich das persönlich. Also, was ist?"

„Das ist alles", sagte Tom mit lauter, aber unüberhörbar zitternder Stimme.

„Ich hoffe es für dich."

Endlich schlug die Flurtür ins Schloß. Sonja ließ sich in einen Sessel fallen.

„Oh Gott, das ist ein Alptraum! Wo sind wir da reingeraten?"

„Verdammt, die kommen hier reinspaziert und machen mit uns, was sie wollen." Tom schlug sich vor die Stirn.

„Christa hat noch eine Kopie des Manuskripts", sagte Jupp, der unbeeindruckt schien. Er ging zum Telefon und ließ sich mit der Rechtsanwältin Dyckhoff verbinden. Er erzählte Christa, was passiert war, verabredete mit ihr einen Termin und hängte ein.

„Ich mache weiter, bis ich bei Knöspel im Krankenhaus liege oder der Verlag gerettet ist", sagte er zu Tom.

„Dann kann dir Knöspel in der Uniklinik schon mal das Bett vorwärmen." Sonja war aufgestanden und kam aus der Kaffeeküche mit drei Tassen zurück.

„Wir müssen weitermachen", sagte sie mit einer Überzeugung, die Tom aufschauen ließ.

„Wer sagt das?" antwortete er bissig.

„Ich habe heute morgen mit der Alten am Kiosk gesprochen. Der Typ, der die zwanzig Exemplare gekauft hat, kam in einem dunkelblauen 500er Mercedes mit Kölner Nummer. In der Nummer war zweimal die Sieben, das hat die Alte sich gemerkt."

„Und deshalb müssen wir weitermachen?"

„Nein", sagte Sonja todernst, „wir müssen weitermachen, weil hinter der Sache eine Riesenschweinerei steckt und weil dieser schöne kleine Verlag sonst nicht länger existiert." Tom schlug wütend mit der Faust auf den Tisch.

„Ich weiß, wir müssen weitermachen, weil wir schon blöd genug waren, in dieser verdammten Klüngelstadt einen Verlag aufzumachen. Ich möchte nur, daß ihr beide wißt, daß wir meiner Meinung nach dieser Sache nicht gewachsen sind. Und, daß uns der

Arsch noch ganz schön auf Grundeis gehen wird. Habe ich mich klar ausgedrückt?" Jupp und Sonja nickten brav. Tom sagte ganz ruhig:

„Dann ist es ja gut, dann können wir weitermachen."

Einen Augenblick lang sagte keiner was, sondern sie sahen sich nur gegenseitig an. Schließlich begannen sie alle zu lachen.

Sie tranken Kaffee. Jupp machte sich auf den Weg zur Anwaltskanzlei, um das einzige noch vorhandene Manuskript zu holen. Sonja schloß die Etagentür hinter Jupp ab, um vor etwaigen weiteren Überraschungen geschützt zu sein.

„Weißt du was", sagte Tom, als sie zurückkam, „mir kommt da ein Gedanke. Das Pseudonym des Autors ist doch Hans-Peter Erken-Gerlach."

„Ja", antwortete Sonja.

„Es gab mal ein Mitglied im Stadtrat, das hieß Gerlach. Wir haben immer den Text durchforstet. Vielleicht sind es die Namen, und es fängt mit dem Namen des Autors an."

Tom griff sich das Telefonverzeichnis auf Sonjas Schreibtisch und schlug Siegfrieds Telefonnummer nach. Siegfried hatte für den Verlag einen Krimi geschrieben und lebte sonst davon, von Zeit zu Zeit für den Stadt-Anzeiger zu schreiben. Er wählte die Nummer. Nachdem er unzählige Male hatte durchklingeln lassen, kam Siegfried endlich an den Apparat. Tom sah kurz auf seine Armbanduhr.

„Ich weiß, es ist früh, aber es ist dringend." Das war für Siegfried um kurz vor elf durchaus kein schlagendes Argument. Nach einigem Hin und Her konnte Tom ihn schließlich überreden, in den Verlag zu kommen.

„Der muß für uns mal im Archiv des Stadt-Anzeigers rumwühlen", sagte Tom zu Sonja, „und mit den ganzen Namen aus dem Manuskript hausieren gehen. Vielleicht kommen wir damit endlich weiter." Das Telefon schellte. Es war Jupp. Sonja hielt Tom den Hörer hin.

„Hör mal, Tom, ich glaube, ich bin vom Verlag aus hierher verfolgt worden."

„Glaubst du das, oder weißt du es?" fragte Tom.

„Verdammt, Tom, ich glaube es zu wissen. Es war ein Golf, ein weißer Golf. Er ist mir von der Brüsseler Straße an hinterhergefahren. Zwischendurch habe ich ihn aus dem Auge verloren, aber auf der Brücke war er wieder hinter mir. Als ich auf der Mülheimer Freiheit geparkt habe, ist er natürlich weitergefahren."

„Was machst du jetzt?"

„Ich sitze hier mit den Kopien des Manuskripts und warte auf Christa. Wenn ich mit ihr gesprochen habe, fahre ich in den Gelb-Weiß. Ich glaube, da hat Onkel Theo Mittwoch mittags seinen Stammtisch."

„Willst du doch mit ihm sprechen?"

„Was heißt doch? Wir müssen eben alles versuchen."

Tom bat Jupp noch, ihm einige Eigennamen aus dem Manuskript rauszusuchen und durchzugeben, damit sie eine Liste anlegen konnten. Sonja notierte.

Christa hatte nicht viel Zeit für Jupp. Es gab auch nicht viel zu besprechen. Alles war mehr oder weniger unklar.

„Was hältst du von der Geschichte heute morgen? Die beiden Figuren marschieren bei uns ein und kassieren das Manuskript." Christa zuckte mit den Schultern.

„Was soll ich davon halten? Für eine Anzeige reicht es nicht. Und wenn auch. Mit einem Prozeß in einem Jahr ist euch nicht gedient, oder?"

„Natürlich nicht, wir brauchen eine Lösung für den Verlag."

Christa blätterte schon die Akte des Mandanten an, der vor der Tür wartete. Abrupt wandte sie sich nochmal Jupp zu.

„Was mir einfällt! Im Manuskript wird ein Schwarz-Weiß-Tennisclub erwähnt. Ich glaube, damit ist tatsächlich der Gelb-Weiß gemeint, denn der ist damals wirklich ohne Genehmigung mitten in den Grüngürtel gebaut worden."

„Und dabei ist es geblieben?"

„Soweit ich weiß, ja", sagte Christa, „aber derselbe Bauunternehmer hat den ganzen Bundeswehrkomplex an der Brühler Straße gebaut. Außerdem hing er — was ja im Manuskript auch erwähnt ist — im Entsorgungsgeschäft."

„Und wie heißt der Mann?" fragte Jupp.

„Es fällt mir im Augenblick nicht ein, aber der ist, soviel ich weiß, nicht mehr in Deutschland. Kanada oder sowas ähnliches. Ich rufe heute abend mal meinen Vater an, der wird es wissen." Jupp war ans Fenster getreten und sah auf die Straße.

„Ich habe direkt vor der Tür geparkt, Christa. Wenn ich gleich losfahre, wird mir ein weißer Golf folgen, schreib dir bitte die Nummer auf." Christa schien nicht im mindesten überrascht.

„Übrigens", sagte Jupp im Gehen, „ich fahre jetzt in den Gelb-Weiß. Es paßt gut zu meinem Onkel Theo, daß er in einem Tennisclub, der ohne Genehmigung mitten in den Grüngürtel gebaut worden ist, seinen Stammtisch abhält."

Siegfried kam unrasiert, mit hängenden Gesichtszügen in den Verlag und staunte über Sonjas neue Sicherheitsmaßnahmen.

„Ich dachte, ihr verlegt Krimis. Daß ihr auch Kriminalstücke aufführt, finde ich großartig."

„Wir führen keine Kriminalstücke auf, das besorgen andere, und die verstehen richtig was davon. Wir spielen nur unfreiwillig mit und haben nicht gerade die besten Rollen."

„Und wie heißt die Aufführung?"

„Keine Ahnung. Wir kennen nicht einmal das Drehbuch. Aber als Arbeitstitel könnte man sagen: Dreimal Null ist Null! Zumindest wie es im Augenblick aussieht."

„Hört mal, wollt ihr mich hier verscheißern?"

„Wir verscheißern niemanden. Wir sind die Verscheißerten, mein Lieber. Wir sind die Verscheißerten und Angeschissenen und zwar in einer Person."

„Kannst du mich mal aufklären, oder soll ich besser nach Hause gehen, bis ihr hier besser sortiert seid und einen zusammenhängenden Satz zustandebringt?"

„Wir haben hier ein Manuskript liegen, aus dem die Köln-Revue schon was abgedruckt hat. Es gibt Leute, die sind offensichtlich der Meinung, daß das keiner drucken sollte. Die Gründe sind uns nicht klar. Offensichtlich steckt in dem Manuskript eine Information oder ein Hinweis, durch den sich jemand empfindlich gestört fühlt." Tom griff vom Schreibtisch die Liste mit den Eigennamen aus dem Manuskript und ein Exemplar der Köln-Revue und gab beides Siegfried.

„Was ist das für eine Information oder für ein Hinweis?"

„Genau das wüßten wir auch gern. — Jedenfalls hat der Vorabdruck bestimmten Leuten Anlaß gegeben, der Köln-Revue unangenehmen Besuch vorbeizuschicken."

„Hab ich gestern nicht sowas im Express gelesen?"

„Da stand aber nicht alles drin; zum Beispiel nicht, daß Knöspel, der Oberhäuptling, übel zugerichtet im Krankenhaus liegt."

„Was?"

„Ja, du hast richtig gehört! Den haben sie so zusammengeschlagen, daß ihm der Appetit auf das Manuskript schon restlos vergangen ist."

„Und weiter?"

„Weiter? Weiter ging es heute morgen bei uns. Wir sind besser davongekommen. Uns hat Fernandel besucht, der hatte aber nicht Peppone dabei, sondern das Schwein..."

„Das Schwein? Und bei ihm war so ein Pferdegesicht?" Tom nickte.

„Den kenne ich", sagte Siegfried. „Und das Schwein auch. Da habt ihr Schwein gehabt." Er lachte kurz auf. „Die zwei sind vom Feinsten." Siegfried versprach zu helfen. Die Erwähnung des feinen Pärchens schien ihn von der Dringlichkeit der Angelegenheit überzeugt zu haben.

„Also wenn ich das richtig verstanden habe, soll ich mit der Liste hier ins Stadt-Anzeiger-Archiv abtauchen, um die Eigennamen mal im Bereich Kommunal- und Umweltpolitik anzutesten?"

„Genau das, und du fängst mit dem Doppelnamen des Pseudonyms an!"

„Okay, heute nacht höre ich mich mal auf der Piste um, vielleicht wird über Pferdepeter und Schwein geredet."

Tom bremste ihn ein wenig, denn er wußte, daß es Siegfrieds Lieblingsbeschäftigung war, sich in Kneipen rumzutreiben und Verzäll aufzuschnappen. Da versackte er dann immer so, daß er mittags seinen Namen noch nicht wieder schreiben konnte.

„Ruf uns unbedingt an, wenn du im Archiv fertig bist, egal, ob du was rausgefunden hast oder nicht."

„Werd schon was finden, jahrelang selbst Detektiv gewesen."

Bevor sich Siegfried auf den Weg machte, mußte er natürlich noch mit Sonja schäkern, die darauf wie immer abfuhr.

„Der hat ja so schön bunte, ungebügelte Acrylhemden an, die du so schön findest", sagte Tom zu Sonja, als Siegfried gegangen war. Sonja lachte nur.

VIII.

Jupp behielt recht, der weiße Golf folgte ihm wieder. Er überlegte, wie er ihn auf dem Weg zum Tennisclub abschütteln könnte.

Er fuhr mit gemäßigtem Tempo über die Severinsbrücke in die Stadt. Dabei vermied er es, allzu häufig in den Rückspiegel zu schauen, damit der Verfolger keinen Verdacht schöpfte.

Er mußte den Golf abhängen. Um mehr Spielraum zu haben, fuhr er nicht durch die Innenstadt, sondern er wählte die Route am Rheinufer entlang, Richtung Rodenkirchen. Dann zum Bonner Verteiler hoch und weiter auf dem Militärring. In Höhe Berrenrather Straße hatte er den weißen Golf vier Wagen hinter sich, und er kam gerade noch bei Gelb über die Kreuzung. Er fuhr in normalem Tempo weiter. Seine Verfolger hielten ihn offenbar für arglos. Nach einer leichten Kurve, außer Sichtweite, gab er Vollgas und bog am Geißbock-Heim in den Grüngürtel ein. Er kam an einen sandigen Reitweg, der in Richtung Gelb-Weiß führte.

Ein einzelner Reiter begegnete ihm auf der Strecke. Von dem mußte er sich einiges anhören, aber seinen Verfolger war er jedenfalls los. Am Clubhaus angekommen, parkte er den Peugeot neben dem Kücheneingang, so daß man den Wagen nicht sofort sehen konnte. Vielleicht waren seine Verfolger ja von der hartnäckigen Art. Er stieg aus und sah sich um. Ein weißer Golf war weit und breit nicht zu sehen.

Jupp ging die Stufen zum Eingang hoch. Sein Übergewicht, an das er sonst selten einen Gedanken verlor, kam ihm in den Sinn, und mit einem kurzen Blick auf seinen beträchtlichen Bauchansatz beendete er den Gedanken. Daran war auf die Schnelle nichts zu ändern, und schließlich würde er ihn halt kultivieren müssen, sozusagen quintessencetechnisch in den Griff bekommen.

Tennis war nie sein Fall gewesen, dafür hatte er in der FC-Jugend Fußball gespielt. Das war immerhin etwas, woran sich Theo nach all den Jahren noch erinnern würde. Aber daß er nie ein wirklich guter Tennisspieler gewesen war, zählte bei dem alten Sack garantiert mehr. Gut, es würde schon irgendwie hinhauen. Schließlich saß er in der Klemme, und Theo gehörte zur Familie.

Familie hin, Familie her, Theo war ein harter Brocken. Ein Zyniker auf rheinische Art, diese Mischung aus charmantem Fötchensföhler und beinhartem Geschäftemacher. Wenn man ihn auf dem falschen Fuß erwischte, konnte es gutgehen, — wenn! Wenn er dich aber auf dem falschen Fuß erwischte, war es vorbei, bevor es begonnen hatte.

Jupp durchschritt die kleine Halle, in der all die Fotos hingen und Pokale standen, auf die der Club glaubte stolz sein zu dürfen. Zumindest von einem Foto und einem Silberpokal wußte Jupp es besser, und andere wußten das auch.

Die Glastür zu den Clubräumen war neu. Gisela, die Frau des Pächters, nicht. Sie stutzte einen Moment, als sie ihn durch die Glastür im Vorraum sah. Nur einen Moment, dann hatte sie ihn erkannt. Noch bevor er einen Flügel der Tür aufgedrückt hatte, lächelte sie ihn an. Das hing wahrscheinlich mit den hohen Zechen zusammen, die er hier mit Freunden durch intensives Training in der Sportart 'Schlucken' gemacht hatte.

Um im Club etwas zu zählen, mußte man entweder sportlich oder finanziell für den Club etwas bringen. Eingedenk seiner Zechen, zählte Jupp sich eher zur letzten Gruppe. Der Herzlichkeit der Begrüßung nach zu urteilen, teilte Gisela diese Auffassung. Sie verstieg sich sogar zu der Bemerkung:

„Du hast dich aber gar nicht verändert.“ Das reichte, und er fragte umgehend nach Theo. Gisela wies auf eine Ecke in dem sonst leeren Raum, aus der Stimmen zu hören waren. Die Ecke war nicht einzusehen, aber dort war einer der Stammtische untergebracht, die hier rund um die Uhr tagten. Daran hatte sich wirklich nichts geändert. Jupp ging auf die Stimmen zu und sammelte sich. Noch bevor er den Tisch sehen konnte, kam ihm Margret, Theos Frau, entgegen. Sie erkannte Jupp und ging ohne Zögern auf ihn zu. Margrets sicheres, unbeirrtes Auftreten hatte Jupp schon früher immer beeindruckt. Sie grüßte und küßte ihn mit der alten Selbstverständlichkeit. Jupp fühlte sich um fünfzehn Jahre zurückversetzt. Das ärgerte ihn.

Margret war nach wie vor erstaunlich gut erhalten, und während er mit ihr die üblichen Floskeln austauschte, musterte er verstohlen ihre Figur.

Die ganze Sache mit dem blöden Manuskript hatte ihn aus der Bahn geworfen. Diese verfluchte Verstrickung, in die er ohne oder immerhin fast ohne eigenes Verschulden hineingeschliddert war, stellte plötzlich die ganze mühsam aufgebaute Verlags- und Familienkiste in Frage. Die Krönung war, daß er im Augenblick wie ein dummer Schuljunge in diesem blöden Tennisclub rumstand, den er bewußt seit Jahren gemieden hatte, und sich an seiner Tante Margret aufgeilte wie ein pickeliger Quartaner. Das Ganze mußte in mentaler Verwirrung enden.

Plötzlich kam ihm der Gedanke, daß es vielleicht gar nicht so dumm war, Margret in die Sache einzuweihen, um sich so für das Gespräch mit Theo Flankenschutz zu sichern. Erst jetzt fiel ihm auf, daß er den ganzen vorderen Raum mit Margret durchquert hatte und mit ihr vor der Damentoilette stand. Der Blick, den Gisela rüberwarf, ließ erkennen, daß einige seiner Gedanken durchaus zu erraten waren. Margret lächelte ihn nachsichtig und herausfordernd zugleich an.

„Ich nehme nicht an, daß du mich jetzt begleiten möchtest", sagte sie mit einer Betonung auf 'jetzt' und einer fast unmerklichen Bewegung ihrer Augen in Richtung Damentoilette. Er hätte gern etwas halbwegs Geistreiches erwidert, aber ihm fiel verdammt nochmal nichts ein.

„Nein, natürlich nicht, aber ich hätte gern noch etwas mit dir besprochen."

„Gut, dann warte doch einfach drüben an der Bar", sagte sie ohne eine Antwort abzuwarten. Unter den Augen von Gisela stieg er auf einen Barhocker.

„Ein Kölsch?" fragte sie.

„Nein... eh", eigentlich konnte ein Kölsch jetzt nicht schaden, „ja, gib mir eins, vielleicht keine schlechte Idee." Gisela war erstaunt über seine Zurückhaltung, denn sie schien seinen Umsatz im Geiste schon eingeplant zu haben. Jupp versuchte, sich auf das Gespräch mit Margret vorzubereiten. Margret fuhr auf den üblichen Familientratsch nicht ab. Ihr mußte man eine klare Geschichte anbieten, um zu landen. Sie war von der etwas härteren Sorte.

Seinen Onkel Theo hatte Margret im Karneval kennengelernt, das heißt eigentlich, näher kennengelernt, denn Margret war zu der Zeit das bekannteste Funkemariechen im Tanzkorps. Theo hatte die Funkentruppe angeführt, und da hatte es wohl gefunkt.

Jupp erinnerte sich an das Theater, das es damals in der Familie gegeben hatte. Karneval, ja. Und die Männer sollten ruhig mal über die Stränge schlagen, ohne jedoch dabei das Geschäft völlig aus dem Auge zu verlieren. Am Aschermittwoch mußten die ganzen Fisternöllchen dann aber vorbei sein. Theo hatte zu der Zeit schon drei Pleiten hingelegt und war deshalb in Köln so bekannt, daß er nicht mehr Prinz Karneval werden konnte. Spätestens nach der dritten Pleite war er zum schwarzen Schaf der Familie befördert worden. Jupp wunderte sich heute noch, daß Pleite-Theo, wie er damals genannt wurde, immer lustig im neuesten Mercedes vorgefahren kam.

Jupps Kölschglas war leer, und Gisela stellte ihm, ohne zu fragen, wieder ein volles hin. Margret kam aus der Toilette, als hätte sie den Auftritt geprobt. Mit Sicherheit hatte sie darüber nachgedacht, worüber auch er nachgedacht hatte. Ihr Rock saß eng, und sie präsentierte vielversprechend ihr Oberteil. Genau das konnte er jetzt gebrauchen, eine Frau wie Margret im Nacken. In solchen Augenblicken hielt er sich tatsächlich für einen Trottel. Die ganze Quintessence war am Arsch.

„Ich nehme einen trockenen Martini", teilte Margret in einem Tonfall mit, als könne sie genausogut alles andere nehmen, ihn eingeschlossen.

„Also, was hast du auf dem Herzen?" fragte sie vertraulich. Jupp warf einen Seitenblick auf Gisela.

„Vielleicht ist es besser, wir setzen uns an einen Tisch."

„Wahrscheinlich", sagte Margret und befahl Gisela, ihr den Martini an den Tisch zu bringen. Die beiden schienen sich nicht besonders leiden zu können.

Jupp weihte Margret in die ganze Geschichte ein, soweit er das für nötig hielt, und bat sie, sich dementsprechend einmal umzuhören. Dabei ließ er durchblicken, daß sie auch Theo ein bißchen ausholen solle. Jupp kam sich ganz schön schlau vor, Margret vor den Karren zu spannen. Sie ließ jedoch keinen Zweifel daran, welchen Preis sie sich für ihre Mitarbeit vorstellte.

„Dann müssen wir uns ja heimlich treffen, damit ich dir alles erzählen kann, was ich herausgefunden habe." Margret sah ihm bedeutungsvoll in die Augen.

Zur Krönung des Ganzen kam Theo aus seiner Stammtischecke, setzte sich zu ihnen an den Tisch und polterte sofort los:

„Ach, hier sitzt du, Maggi! Ich dachte, du seist schon fort." Dann fixierte er Jupp.

„Das Jüppchen! Wie geht's, Junge? Lange nicht gesehen. Was treibst du denn so?" Er bestellte bei Gisela ein Kölsch.

„Ich bin hier, weil ich mal mit dir reden muß, Onkel Theo", sagte Jupp, „aber das hat Zeit. Ich wollte dich nämlich allein sprechen", ergänzte er mit einem Seitenblick auf Margret.

Gisela stellte das Bier vor ihn hin, und als sie 'Bitte Theo' sagte und ihn dabei ansah, wußte Jupp, warum sich Margret und Gisela nicht grün waren. Theo schickte Margret fort.

„Also, worum geht es, Junge?" Jupp erzählte die ganze Geschichte so ausführlich wie möglich, mit allen Einzelheiten.

„Und es war Lommer II, der euch den Verlag übergedeut hat?" fragte Theo, als sei das das einzig Überraschende an der ganzen Geschichte. Als Jupp nickte, sagte Theo nur: „Lommer II, der Türkenanwalt, das ist eine miese Nummer, eine richtige Bazille."

„Wieso Türkenanwalt?" fragte Jupp.

„Na, der türkt doch alles und jeden. Sein Vater, das war ein Kölner Anwalt von altem Schrot und Korn, aber Lommer II, das ist doch das Letzte."

Jupp wunderte sich, wie sehr sich sein Onkel bei der ganzen Geschichte auf den Rechtsanwalt versteifte. Da war etwas im Busch. Jupp ging zum Wagen und holte eine Kopie des Manuskripts. Er sah sich nochmal um, aber von einem weißen Golf war nichts zu sehen. Als er wieder reinkam, stand Theo bei Gisela an der Bar. Jupp gab ihm das Manuskript und ein Heft der Köln-Revue.

„Komm Freitag wieder, ich werde sehen, was ich für dich tun kann." Er wollte ihn offensichtlich loswerden. Als Jupp sein Portemonnaie herauszog, sagte Theo: „Ich übernehme das." Es klang wie 'Hau ab'.

Als die Glastür hinter ihm zuging, sah er über die Schulter zurück. Theo war Gisela auf den Leib gerückt.

IX.

Er mußte Tom anrufen, um sich mit ihm bei Lommer II zu verabreden. Unter den geparkten Autos sah er einen dunkelblauen 500er Mercedes mit dem Kennzeichen K-HJ 787. Das konnte Zufall sein. Er schrieb sich die Nummer auf, dann steuerte er den Peugeot vom Clubgelände auf den Militärring. Er mußte bis zur Gleueler Straße fahren, da die Bachemer zum Militärring hin gesperrt war. Das hatten die Anwohner — unter anderem hatte Theo dort sein Haus — schon vor Jahren durchgesetzt, um vom Durchgangsverkehr nicht belästigt zu werden. Tom hatte recht, Köln war ein einziger gigantischer Klüngel. An der Gleueler Straße, gegenüber der Decksteiner Mühle, hielt er an einer Telefonzelle.

Im Verlag klingelte das Telefon. Tom beendete gerade die Installation eines Tonbandgerätes zum Mitschneiden von Telefongesprächen und brachte ein Saugmikro am Hörer an. Dann gab er Sonja Zeichen, abzuheben. Sonja nahm den Hörer, und Tom wartete gespannt auf ihr Signal, das Gerät einzuschalten.

„Es ist Jupp", sagte sie, und Tom streckte, laut ausatmend, seine Hand nach dem Hörer aus.

„Weißt du, was ich gemacht habe? Ich habe das Tonbandgerät ans Telefon angeschlossen, mit dem Saugmikro. Nur für den Fall, daß jemand anruft, der mit dem Manuskript zu tun hat."

„Ich glaube nicht, daß uns irgendjemand anruft. Wenn die was von uns wollen, kommen die persönlich vorbei, wie heute morgen."

„Jupp, ich meine, schaden kann es nicht. Irgendwas müssen wir schließlich machen."

„Ist ja in Ordnung, ich sag ja gar nichts." Sonja fummelte an dem Gerät und schaltete es ein. Tom versuchte, sie zu vertreiben. „Das ist doch Jupp!"

„Wir müssen doch schließlich ausprobieren, ob es überhaupt funktioniert." Tom gab sich geschlagen.

„Hörst du überhaupt noch zu?" brüllte Jupp ins Telefon.

„Natürlich!"

„Also, der weiße Golf, den habe ich abgeschüttelt, und ich nehme an, der hat sich wieder am Verlag postiert. Wenn du gleich losfährst, dann mach einen Test. Roll einmal um den

Block, und wenn du verfolgt wirst, fährst du zurück zum Verlag und verschwindest über den Hinterhof. Hast du verstanden?" Natürlich hatte er verstanden.

„Und wir treffen uns um siebzehn Uhr bei Lommer II?" fragte Tom, um sich zu vergewissern. Sonja ließ das Band zurückspulen, während Tom am Fenster stand und nach einem weißen Golf Ausschau hielt.

„Nichts zu sehen", sagte er zu sich. Sonja ließ das Telefongespräch nochmal abspielen, während er sich in die Fensternische drückte, um so weit wie möglich die Straße überblicken zu können. Er zog ein Tweedjacket über und band sich einen Wollschal um.

„Ich fahr mal los. Falls ich verfolgt werde, komm ich in fünf Minuten zurück." Sonja nickte. Während Tom die Stufen zur Haustür runterging, hörte er, wie Sonja die Türriegel vorschob.

Sein Alfasud stand rostend auf der anderen Straßenseite. Er tat so, als suche er nach seinem Autoschlüssel. Unauffällig stellte er den Außenspiegel etwas weiter aus, um darin die Straße übersehen zu können. Etwa fünfzig Meter weiter löste sich ein weißer Golf aus einer Parklücke und blieb in Warteposition stehen. Tom tat so, als suche er nochmal alle Taschen ab und gab fluchend auf. Er ging zurück zum Verlag.

„Hast du deinen Autoschlüssel vergessen?" Tom winkte ab.

„Ich wollte nur sicher gehen, ob ich verfolgt werde. Halt du hier die Stellung, ich bin über den Hinterhof weg."

Tom ging ins Bad, öffnete das Fenster und wollte gerade in den Hof springen, als Sonja ihn zurückrief. Tom blieb auf dem Fensterbrett stehen.

„Zurückkommen kannst du hierdurch nicht", sagte sie. „Ich verbarrikadiere das alles, sonst kommt das Schwein und sein Freund auf die Idee, uns hintenrum zu besuchen." Tom sprang. Sonja war wirklich gut zu gebrauchen. Sie wurde ihm immer sympathischer.

Er kletterte über die Ziegelmauer und landete im Hof der Schreinerei im Nebenhaus. Niemand war zu sehen. Ein scharfes, metallisches Klopfen ließ ihn erstarren. Langsam drehte er sich um. Hinter den mit Sägemehl zugestaubten Fenstern der Schreinerei feixten zwei Schreinergesellen. Einer drohte ihm mit dem Zeigefinger. Tom konterte mit einer eindeutigen Geste und ging die schräg ansteigende betonierte Auffahrt zum Tor hinauf.

Er war noch nicht ganz oben angekommen, als die Tür in dem großen Holztor von außen geöffnet wurde. Er erkannte die beiden im Gegenlicht schon an ihren Umrissen.

Tom schaute sich kurz um. Hier konnte ihn keiner sehen. Er wollte sich in Bewegung setzen, aber das Schwein war blitzschnell bei ihm und versperrte ihm den Weg. Er war wirklich ein Idiot. Er hätte sofort zur Schreinerei runterrennen sollen, jetzt war es zu spät. Das Schwein packte von hinten seine Oberarme und preßte sie auf dem Rücken zusammen. Einen Augenblick lang überlegte Tom, ob er Widerstand leisten solle, aber allein der Gedanke erschien ihm absurd, als er sah, wie Pferdegesicht wortlos auf ihn zukam, die Stirn in Denkfalten gelegt.

Wahrscheinlich dachte er darüber nach, wie man ein so kleiner dummer Trottel sein konnte. Toms Herz klopfte bis zum Hals, er war unfähig, irgendeinen Gedanken festzuhalten. Nur eins war ihm klar, daß er sich in einer verdammt beschissenen Situation befand. Kurz kam ihm der Gedanke zu schreien, aber das Pferdegesicht schien ihm zu sagen: 'Vergiß es, Kleiner, das macht es nur noch schlimmer.' Verdammt, nur einmal stark sein und diesen Wichsern eins verpassen können! Sich diese beiden Fleischklöße mit zwei gezielten Schlägen vom Hals schaffen. Er versuchte, Kraft auf seine Oberarme zu bringen, aber unter dem eisernen Griff des Schweins konnte er sich nicht einen Millimeter bewegen.

Das Pferdegesicht hatte sich vor ihm aufgebaut und betrachtete ihn wie ein lästiges Insekt, das er gleich zerquetschen, oder dem er zumindest doch einen Flügel ausreißen würde.

„Ich hatte dich doch darum gebeten, mich nicht zu belügen, um uns weitere Arbeit zu ersparen“, sagte er leise. „Ich hatte dich darum gebeten, aber ihr kleinen, dreimal klugen Hosenscheißer wißt immer alles besser. Fahrt zu eurer neunmalklugen Rechtsverdreherin, holt euch 'ne Kopie und denkt, wir merken das nicht.“

Pferdegesicht warf dem Schwein einen kaum merklichen Blick zu und plötzlich war sein linker Arm frei. Aber bevor ihm dieser Umstand richtig bewußt wurde, hielt der Schläger schon sein Handgelenk wie mit Eisenklauen umklammert. Das Schwein lachte glucksend auf.

„Mami, Mami, er hat überhaupt nicht gebohrt!“ Geübt bog das Pferdegesicht Toms Zeige- und Mittelfinger aus der Faust nach oben. Plötzlich begriff Tom, was sie mit ihm vorhatten. Aber da knackte es schon zweimal hintereinander, und ein brennender

Schmerz durchfuhr ihn. Obwohl das Schwein ihn losgelassen hatte, stand er wie gelähmt da und starrte auf seine Hand, die langsam anschwoll. Das Schwein blieb kurz vor ihm stehen und sah ihm interessiert ins Gesicht, um zu beobachten, wie der Schmerz hochstieg. Offensichtlich ging es ihm nicht schnell genug. Er schlug ihm mit dem Handrücken hart ins Gesicht.

„So geht das, Kleiner."

Tom torkelte gegen die Wand und schloß die Augen, um die Tränen zu unterdrücken. Mein Gott, sie hatten ihm zwei Finger gebrochen. Einfach so. Er umfaßte die verletzte Hand am Gelenk. Er mußte weg.

Als er durch das Tor auf die Straße hinausstolperte, war von den beiden nichts mehr zu sehen. Tom überlegte, wie lange das alles her sein konnte, kam aber zu keinem Resultat.

In der Brabanter Straße gabelte er, benommen vom Schmerz, ein Taxi auf. Kaum saß er drin, überholte sie ein weißer Golf. Tom machte sich ganz klein. Der Fahrer fragte ihn mehrmals, wohin. In dem Golf saß eine langhaarige Blondine.

„Alles klar", sagte Tom erleichtert.

„Gar nichts ist klar", sagte der Fahrer genervt, „ich wüßte gern, wo es hingehen soll." Tom hielt die mittlerweile dick angeschwollene Hand hoch, als könnte die ein Fahrziel angeben.

„Arbeitsunfall?" fragte der Fahrer über die Rücklehne gebeugt und sah ihn dabei mißtrauisch an.

„So könnte man es nennen", sagte Tom.

„Also Uniklinik", schloß der Taxichauffeur, drehte sich nach vorn und beobachtete ihn im Rückspiegel. Als Tom nickte, fuhr er los.

Die Unfallchirurgie in der Uniklinik ist praktischerweise im siebten Stock untergebracht, und Tom fand es trotz des Schmerzes grotesk, mit einem anderen Notfall, der ein blutiges Handtuch um die Hand gewickelt hatte, auf den Aufzug zu warten. Der Mann schien sich die halbe Hand abgeschnitten zu haben, er war kreidebleich. Sein Begleiter, der ihn stützte, beobachtete besorgt die Leuchtanzeige der fünf Fahrstühle, von denen keiner das Erdgeschoß anfahren wollte. Es dauerte Ewigkeiten.

„Hast du den Finger?" fragte der Mann mit dem Handtuch, und sein Begleiter hielt eine Mullbinde hoch, die ebenfalls blutgetränkt war. Tom war von dem Anblick so fasziniert, daß er für Sekunden seine eigene Verletzung vergaß.

Die Schwester an der Aufnahme im siebten Stock schien nicht leicht beeindruckbar zu sein, aber als der Begleiter den Finger auspackte und auf den Tresen legte, kam Bewegung in sie.

Toms Hand mußte natürlich in Gips. Während die Ambulanzschwester ihm die Gipsschiene anlegte, sah Tom immer wieder auf die Uhr und hoffte, daß Jupp solange auf ihn warten würde, denn diesmal wollte er bei dem Termin mit dem Rechtsanwalt dabei sein.

„Schwester, können Sie mir bitte ein Taxi rufen lassen?"

„Sie haben es aber eilig, junger Mann", antwortete sie, während sie mit dem Gips hantierte. Sie war der mütterliche Typ mit dem Inge-Meysel-Blick.

„Normalerweise machen die das unten an der Pforte". Sie sah Tom an und rief dann eine Schwester zu sich.

„Fahren Sie mal schnell runter und bestellen Sie ein Taxi für den Herrn." Die Schwester zog eine Flappe und sah Tom an, als würde sie ihm weitere gebrochene Finger, Beine, Arme und Füße an den Hals wünschen. Inge Meysel lächelte ihn an, dann sah sie zur Schwester:

„Nun machen Sie schon, worauf warten Sie?"

„Auf 'ne Sekunde wird's ja wohl nicht ankommen", sagte sie mit einem schrägen Blick auf den Gips. „Oder soll der Rest im Taxi gemacht werden?" Dann verschwand sie.

„Die jungen Dinger haben nicht mehr die richtige Auffassung vom Beruf", sagte sie entschuldigend. „Wir waren für die Patienten noch da. Die haben nur Flausen im Kopf." Er nickte und sah sie dabei an, aber mit seinen Gedanken war er ganz woanders. Die Schwester hörte nicht auf, den Verfall der heutigen Jugend zu beklagen. Er fragte sich, warum sie ihm das alles erzählte. Wahrscheinlich hielt sie ihn für eine der letzten Bastionen einer ordentlichen Jugend. Na, dann war ja noch nicht alles verloren, wenn ihm Inge Meysel die Stange hielt.

X.

Als das Taxi in die Burgmauer einbog, sah Tom Jupp schon vor dem Haus stehen. Das Taxi hielt und Jupp zeigte ihm einen Vogel. Tom zahlte und stieg aus.

„Du mußt ja völlig verwirrt sein, mich hier über eine halbe Stunde warten zu lassen!" Tom hielt nur die Hand hoch, und Jupp starrte auf den Gips.

„Was soll das denn sein?"

„Erzähl ich dir später, laß uns erst mal raufgehen."

Sie nahmen die Treppe, und Tom war überrascht, wie wenig die Verletzung schmerzte. Das Haus war Ende der Fünfziger, vielleicht Anfang der Sechziger gebaut worden. Auf den Treppenabsätzen lag Bruchmarmormosaik. Die halbhohe Kachelung des Treppenhauses schien eine Zusammenstellung aus Restposten aller möglichen Pastelltönungen. In den Fensterrahmen waren abstrakte Bleiglasbilder eingelassen, die das Ganze in ein schräges Licht tauchten, das durch die Pastellkachelung reflektiert wurde.

„Blutgerinnsel", sagte Jupp.

„Was?"

„Das Ganze sieht aus wie ein riesiges Blutgerinnsel."

„Was sieht aus wie ein Blutgerinnsel?" fragte Tom.

„Das Treppenhaus."

„Ach so, ja, ja, wie ein Blutgerinnsel."

Sie blieben im zweiten Stock stehen. Auf der Tür war ein Schild: Rechtsanwälte V. Lommer II, H.W. Bock. Jupp betätigte den Türgong. Es wurde aufgedrückt. Rechts in einem Glaskasten saß eine weißhaarige Dame in einem grauen Flanellkostum. Sie stand auf, als die beiden eintraten, und kam ihnen entgegen.

„Bitte?" fragte sie.

„Mein Name ist Reib", sagte Jupp und zeigte auf Tom, „und das ist Herr Schmitt. Wir haben einen Termin bei Herrn Rechtsanwalt Lommer." Die Dame nickte.

„Nehmen Sie bitte Platz." Sie drehte ab, ging zurück in ihren Glaskasten und gab ihrem Chef die Neuzugänge durch.

„Herr Reib und Herr Schmitt für Sie", sagte sie in das nervöse Brummen der Gegensprechanlage. Sie erhielt keine Antwort und schien auch keine zu erwarten. Unter ihren Augen hingen graue

Tränensäcke, und sie sah so teilnahmslos aus, als hätte sie alle Antworten schon gehört.

Ein älterer Mann saß im toten Winkel der Diele, die gleichzeitig Warteraum war. Sie setzten sich an die lange Wand auf Sitzschalen, die auf einem futuristisch anmutenden Unterbau montiert waren. Jupp puffte Tom in die Seite und sagte leise:

„Erzähl mal! Was ist passiert?“ Tom erzählte in Stichworten, während Jupp ihm fassungslos zuhörte.

„Hört sich schlimmer an als es ist“, sagte Tom und sah zu dem Mann in der Ecke rüber. Der Mann trug einen dieser graumelierten Chauffeuranzüge. Eine entsprechende Schirmmütze konnte er nicht entdecken, auch nicht an der Garderobe. Die waren wahrscheinlich nicht mehr üblich. Seine Schuhe blinkten hochglanzpoliert. Makellose Fingernägel und ein Zehntagehaarschnitt. Tom war sich sicher, der Mann arbeitete als Fahrer, und das machte ihn neugierig.

Die Tür öffnete sich, und Lommer II stand im Rahmen. Durch seine dicken Brillengläser sah er in die Runde. Sein Gesicht war voller Flecken, und seine Basedowschen Augen pendelten eine Weile zwischen dem älteren Mann, Tom und Jupp. Dann grüßte er kurz, gab sich eine leichten Ruck, ging ein paar Schritte vor und überreichte dem Fahrer ohne Mütze einen verschlossenen Umschlag. Der Mann wollte etwas sagen, aber Lommer II kam ihm zuvor.

„Alles weitere telefonisch. Richten Sie das bitte aus.“ Der Mann wandte sich augenblicklich zur Tür und verließ die Kanzlei.

Lommer II streckte den beiden eine feuchte Hand hin.

„Guten Tag, die Herren. Treten Sie doch ein.“ Der Mann war nervös. Er lotste sie in den Raum, ging um den Schreibtisch und zeigte auf die beiden Stühle davor.

„Nehmen Sie Platz! Tee, Kaffee?“ Er hatte schon einen Finger an der Gegensprechanlage.

„Nein, danke!“ Tom und Jupp hatten zusammen gesprochen und erschraken über den Gleichlaut. Plötzlich stand Tom auf und ging zur Tür.

„Ich habe den Schlüssel im Wagen stecken lassen.“

Lommer II versuchte, sich aufzurichten, aber es blieb bei einer hilflosen Bewegung mit dem linken Arm ins Toms Richtung. Der hatte die Tür schon hinter sich zugezogen und war verschwunden. Jupp konnte sich keinen Reim darauf machen, was Tom vorhatte.

Der Rechtsanwalt war in den Sessel zurückgesunken und bearbeitete sein Brillengestell mit einem Kleenextuch.

„Ich nehme an, es geht um das Manuskript", eröffnete er das Gespräch geschäftsmäßig und setzte die Brille auf. „Oder möchten Sie warten, bis Herr Schmitt zurück ist?" fragte er und sah Jupp über das Brillengestell mit seinen vorstehenden Glubschaugen an. Jupp überlegte kurz. Der alte Schleimer schien seine Fassung langsam zurückzugewinnen. Die Frage erübrigte sich, da Tom wieder reinkam. Etwas außer Atem nahm er Platz.

„Also?" sagte Lommer II, beugte sich erwartungsvoll vor und sah die beiden an. Jupp fiel mit der Tür ins Haus.

„Wir können das Manuskript nicht drucken", sagte er bestimmt. Das schien Lommer II nicht weiter zu überraschen.

„So!" sagte er und zog die Augenbraunen hoch. Jetzt saß er da wie ein riesiger, selbstzufriedener Froschlurch. Die Unsicherheit war völlig verflogen. So hatte Jupp ihn vom ersten Mal in Erinnerung. Selbstzufrieden, unverbindlich, freundlich, aalglatt. Jupp fragte sich, wie er nur auf diesen Kerl hatte hereinfallen können.

„Ich nehme unter diesen Umständen an, Sie sind hier, um die Zahlungsmodalitäten der in", er sah auf seinen Kalender, „genau vier Wochen und drei Tagen fällig werdenden Konventionalstrafe zu besprechen."

Es schien ihn überhaupt nicht zu interessieren, warum sie das Manuskript nicht drucken konnten. Tom hatte den Eindruck, daß dieser Mann alles wußte.

„Ich wollte Ihnen zunächst erklären, warum wir das Manuskript nicht drucken können", sagte Jupp.

„Sie werden verstehen, daß der Grund für mich", er verbesserte sich, „für meinen Mandanten von sekundärer Bedeutung ist." Das war deutlich. Es war sinnlos, das Gespräch fortzusetzen. Jupp stand auf.

„Unser Anwalt wird dann die weiteren Einzelheiten vereinbaren." Sie verließen ohne Gruß die Kanzlei.

Draußen platzte es aus Tom heraus.

„Mein Gott, dieser Typ ist ein echtes Rattengesicht, wie konntest du dieser Gesäßhöhle eine solche Vereinbarung unterschreiben?"

„Nun fang nicht wieder...", Tom fiel Jupp ins Wort.

„Rate mal, mit welchem Auto der Mann mit dem Umschlag abgedampft ist?" Jupp hatte keine Ahnung.

„Mit einem dunkelblauen 500er Mercedes. Und was glaubst du, welche Nummer der Wagen hatte?"

„K-HJ 787", sagte Jupp trocken. Tom blieb wie angewurzelt stehen.

„Woher weißt du?"

„Der Wagen stand heute mittag vor dem Gelb-Weiß. Ich dachte, es sei Zufall. Ich meine, mit der Nummer."

„Jetzt ist es kein Zufall mehr", sagte Tom.

„Wir müssen rausfinden, wem der Wagen gehört."

„Leider hatte ich keinen Autoschlüssel, sonst wäre ich ihm mit dem Peugeot nachgefahren." Er hielt die Gipshand hoch. „Obwohl ich erstmal ausprobieren müßte, wie ich hiermit klarkomme."

Sie traten hinaus auf die Straße. Die Temperatur war seit dem Morgen konstant gestiegen und für Februar lag sie mit fünfzehn Grad am späten Nachmittag sehr hoch. Die Spitzen des Doms waren kaum zu sehen. Föhnwetter in der rheinischen Tiefebene.

„Über Köln haben sie mal wieder die Käseglocke gestülpt, und irgendein Idiot hält uns noch voll den Föhn auf die Glatze."

„Am besten, wir gehen zum Früh in die Schwemme und trinken ein Kölsch." Jupps Miene hellte sich auf.

„Die beste Idee seit Erfindung des fertigen Knopflochs."

Über den Domvorplatz mußten sie sich den Weg gegen den Strom der Büromenschen bahnen, die jetzt, kurz nach halb sechs, zum Hauptbahnhof gingen. Wallrafplatz und Hohe Straße waren ein einziges Menschenknäuel, und sie waren froh, als sie sich endlich bis zu dem Brauhaus durchgeschlagen hatten.

„Das tut gut", sagte Tom, als er das frisch gezapfte Kölsch absetzte. Er zeigte auf seine Gipshand. „Gut, daß es nicht die Rechte ist. Die Kerle waren verdammt unangenehm. Wir dürfen die Typen nicht unterschätzen, die haben doch glatt mitgekriegt, daß wir noch ein Manuskript auf Lager hatten." Tom bestellte noch zwei Tartarhappen.

„Komm, wir vergessen die ganze Sache mal für ein paar Minuten und trinken einfach nur Kölsch. Wenn das hier alles vorbei ist, fahr ich erstmal ein paar Tage nach Holland", sagte Jupp.

„Es ist unglaublich! Diese Scheiße dominiert uns völlig. Die letzten Tage kommen mir wie Wochen vor, und ich habe das Gefühl, als würde ich gar nicht mehr richtig leben. Alles ist so unwirklich geworden." Jupp stürzte sein Kölsch runter.

„Los, wir fahren in die Brüsseler Straße, damit wir in der Sache weiterkommen." Tom hob beschwichtigend seine Hand.

„Eins noch. Was hältst du eigentlich von dem Gedanken, daß Lommer II der Autor des Manuskripts ist?" fragte Tom.

„Darüber hab ich auch schon nachgedacht, aber ich glaube, das ist zu weit hergeholt."

„Zu weit hergeholt?" Tom lachte meckernd. „Das ist nicht weit hergeholt, das liegt auf der Hand."

„Immerhin ist der Mann Rechtsanwalt", sagte Jupp.

„Diesen Mist glaubst du doch hoffentlich selbst nicht. Diesen basedowschen Lurchi stört das nicht die Bohne, daß er immerhin Rechtsanwalt ist." Er sah Jupp herausfordernd an. „Der ist für jede, aber wirklich jede Schweinerei gut."

„Wahrscheinlich", gab Jupp nachdenklich zu.

„Es fällt dir schwer zu glauben, aber es ist so. Du hast bis jetzt immer auf der Sonnenseite des Kölner Klüngels gestanden. Aber die Medaille hat eine Kehrseite, und daran wirst du dich zumindest in dieser Angelegenheit gewöhnen müssen. Der Klüngel steht im Augenblick geschlossen gegen uns, und wenn dein Onkel Theo keinen Fuß zwischen die Tür bekommt, hat es sich für uns ausgeklüngelt." Jupp sah Tom einen Augenblick nachdenklich an.

„Du hast recht", sagte Jupp, „und weißt du, was meine größte Befürchtung ist?" Er gab dem Köbes Zeichen, zwei weitere Kölsch zu bringen. „Meine größte Befürchtung ist, daß Theo schon in der Sache drinsteckt und uns gar nicht mehr helfen kann."

„Dann gute Nacht, Marie!"

„Mir ist auch schon der Gedanke gekommen, daß der 500er vielleicht Theos Wagen ist."

„Das läßt sich schnell feststellen. Nimm ein Foto, auf dem Theo drauf ist, und zeig es der Alten am Kiosk."

„Gute Idee", sagte Jupp.

„Hoffentlich", erwiderte Tom und zahlte beim Köbes, bevor sie die letzten zwei Kölsch in Angriff nahmen.

XI.

Sie fuhren in die Brüsseler Straße. Der weiße Golf war nicht zu sehen. Sicherheitshalber fuhr Jupp nochmal um den gesamten Block. Sie wurden nicht mehr beschattet. So sah es zumindest aus.

Vor dem Verlag tobte Siegfried. Er trat gegen die Haustür und bearbeitete mit dem Finger die Klingel. Als er Tom und Jupp kommen sah, hörte er damit auf.

„Mensch, ich dachte, ihr habt euch im Verlag verbarrikadiert."

„Macht denn keiner auf?" fragte Tom besorgt.

„Glaubst du, ich raste hier aus, weil mir seit zehn Minuten jemand die Tür aufmacht?" Tom fummelte seinen Schlüssel raus.

„Sonja ist auf jeden Fall da, warum sollte sie nicht aufmachen?" Jupp sah sich nervös um, aber auf der Straße tat sich nichts.

„Hoffentlich haben die sie nicht mitgenommen", sagte er.

„Entführung?" fragte Siegfried entgeistert.

„Ja, warum nicht. Noch vor drei Tagen hätte ich nichts von dem, was passiert ist, für möglich gehalten." Siegfried winkte mit einem Packen Fotokopien.

„Ich habe einiges zum Thema gefunden. Könnte tatsächlich starkes Kaliber sein."

Tom hatte die Haustür endlich auf, und sie stürmten nach oben. Die Verlagstür war mit zwei Schlössern gesichert. Endlich waren sie drin, aber von Sonja keine Spur.

„Sonja! Sonja!" Tom war völlig fertig. Er rannte durch die Zimmer. Türen schlugen.

„Keine Spur", meldete sich Siegfried aus den hinteren Räumen.

„Hier ist auch nichts zu sehen von Sonja!" Tom ließ sich in einen Sessel sinken.

„Ich kann es nicht glauben, aber die Schweine scheinen sie mitgenommen zu haben."

Aus der kleinen Abstellkammer im Flur drangen Geräusche. Unter Riesengepolter kam Sonja aus der Kammer.

„Ich wollte keinem aufmachen, bis ihr zurück seid."

„Mensch, du hast uns aber einen Schrecken eingejagt." Tom faßte Sonja mit der heilen Hand an die Schulter.

„Alles in Ordnung?"

„Soweit ja."

„Im Archiv hab ich was Schönes ausgegraben", teilte Siegfried breit grinsend mit. Er schien es nicht erwarten zu können, seinen Knüller loszuwerden.

„Bevor ich es vergesse", fuhr Sonja dazwischen, „da war noch ein Anruf." Sonja kramte auf dem Schreibtisch. „Theo hat angerufen, Jupp möchte bitte Freitag um die gleiche Zeit wieder in den Club kommen, es sei wichtig."

Während Jupp zuhörte, hatte er damit begonnen, in seiner Schreibtischschublade zu wühlen. Aus einem Stapel Fotografien zog er eine raus.

„Hier haben wir Onkel Theo." Er sah auf seine Uhr. „Ich spring mal zu der Alten rüber und halt ihr das unter die Nase, dann wissen wir mehr." Siegfried hatte die Flasche Grappa in Toms Regal entdeckt und nahm einen Schluck.

„Und das hier?" Er wedelte mit den Fotokopien. „Interessiert wohl gar nicht?" Jupp sagte, er sei sofort zurück und machte sich auf den Weg. Sonja verriegelte die Tür hinter ihm.

„Ich will endlich meinen Knüller loswerden!" pflaumte Siegfried Tom ungeduldig an.

„Na, dann schieß los."

„Also halt dich mal fest." Er nahm noch einen Schluck Grappa. „Dieser Autor eures Krimis, Hans-Peter Erken-Gerlach..."

„Das ist das Pseudonym", warf Tom ein.

„Genau, das Pseudonym, das ist die Kombination aus Dr. Peter Erken und Hans Gerlach."

„Sagt mir immer noch nichts", mäkelte Tom. Sonja hatte ihren Mund mal wieder weit aufgerissen und vergessen, ihn zu schließen.

„Hans Gerlach war vor acht Jahren einer der größten Bauunternehmer und Kiesgrubenbesitzer hier in der Gegend. In einem anderen Zusammenhang taucht er als Teilhaber einer Firma für Entsorgung auf. Dr. Peter Erken war zu der Zeit Dezernent für Wasserrecht beim Regierungspräsidenten. Wenn die beiden zusammengekungelt haben, hat das dem Grundwasser bestimmt nicht gut getan."

Es sah so aus, als ob das Autorenpseudonym der Schlüssel zu den geschilderten Schweinereien wäre. Siegfried sah gespannt Sonja und Tom an.

„Uns kann so schnell nichts mehr überraschen", sagte Tom zu Siegfried, „falls du erwartest, daß ich aus allen Wolken falle. Wenn du mir sagen würdest, das Manuskript hat Kurt Rossa geschrieben — na gut, warum nicht." Jetzt sah Siegfried etwas blöd aus.

„Also hört mal, ihr laßt mich das ganze Archiv durchwühlen, und hinterher drückst du mir so 'nen abgeklärten Spruch rein. Ich glaube, ihr tickt nicht mehr sauber." Er schmiß die Fotokopien hin. „Ich hau ab, ihr seid ja völlig abgehoben hier." Siegfried ging Richtung Tür, aber Sonja stellte sich ihm in den Weg.

„Bleib doch, wir haben hier etwas durchgemacht, das kannst du dir nicht vorstellen. Es war wie im Film." Von Sonja ließ Siegfried sich natürlich gern umstimmen.

„Laß ihn doch abhauen, wenn er will. Sonst ist er immer Spezialist für harte Sprüche, aber ich hätte ihn heute nachmittag mal gerne gesehen, als es bei mir Knack, Knack gemacht hat."

„Okay, okay, ich fand das halt toll, daß ich das ausgegraben habe und bin über deine Reaktion enttäuscht. Alles klar?"

„Okay, alles klar."

Draußen war es schon stockdunkel. Die Lampe auf Sonjas Schreibtisch erleuchtete den Raum nur mäßig. Von der Straße drang Feuerschein wie ein Irrlicht herein und brach sich an den weißen Fensterrahmen und im Glas. Sirenen kamen näher, und Blaulicht mischte sich unter das flackernde Rot. In das Geräusch der Sirenen hinein schrillte das Telefon.

„Hallo! — Ja, hier ist der Reib-Verlag." Tom zuckte zusammen und tippte mit dem Gips auf die Starttaste des Tonbandgerätes.

„Na, was machen die Fingerchen, Kleiner? Für deinen Freund haben wir auch noch 'ne nette Überraschung. Werft doch mal einen Blick aus dem Fenster."

Auf der Straße bot sich ein gespenstisches Schauspiel. Der Peugeot brannte, und einige Feuerwehrleute versuchten, die Flammen unter Kontrolle zu bringen. Sonja drängte sich ganz dicht an Tom und hielt seinen Arm fest. Siegfried starrte auf die Szene und war beeindruckt.

„Mein Arsch auch, das sind üble Scherze." Tom entdeckte unter den Schaulustigen Jupp, der auf die Reste seines Wagens starrte. Neben ihm stand das Pferdegesicht und redete auf ihn ein.

„Pferdegesicht steht neben Jupp!" rief Siegfried ungläubig. „Wir müssen raus, Jupp helfen!" Tom hielt Siegfried zurück.

„Bleib hier, jetzt kann ihm nichts passieren. Da steht ein halbes Dutzend Bullen."

Siegfried blieb und beobachtete. „Wenn mir das einer erzählen würde..." Er brachte den Satz nicht zu Ende.

Das Pferdegesicht verschwand in der Menge, Jupp drehte sich nicht mal um. Ein Polizist kam auf ihn zu und sprach ihn an. Jupp nickte, zog seine Brieftasche aus der Jacke und gab dem Polizisten die Papiere. Der ging zum Streifenwagen, setzte sich ans Funkgerät und sprach in die Muschel.

Die Feuerwehr hatte das Feuer unter Kontrolle. Der Peugeot war völlig ausgebrannt. Ein Abschleppwagen setzte rückwärts in die Straße und der Fahrer fluchte über die Schaulustigen. Die rotgekleideten Baghwans sahen im rotierenden Gelb- und Blaulicht aus wie Mitglieder eines Geheimbundes. Zwei größere Feuerwehrwagen fuhren ab, und die ersten Gaffer lösten sich aus der Menge.

Jupp sah in Richtung Verlag, schien sie hinter dem Fenster aber nicht zu sehen. Er blickte noch einmal auf den Wagen und wandte sich zum Gehen, aber einer der Polizisten hielt ihn mit einer Geste zurück. Eine Hydraulik drückte quietschend die Ladefläche des Abschleppwagens in die Schräge, und der Fahrer befestigte einen Haken am Wrack.

Der Beamte hielt Jupp einen Block und einen Kuli hin. Jupp unterschrieb, dann ging er. Niemand hinderte ihn daran. Er sah vor sich auf die Straße und nahm den direkten Weg zum Verlag. Die Schaulustigen machten Platz und sahen hinter ihm her.

Sonja löste sich von Tom, um Jupp die Tür aufzumachen. Keiner sagte etwas, als er hereinkam. Er stellte sich zu den anderen ans Fenster und sah hinunter auf die Szene. Sein Sakko strömte den beißenden Geruch von verbranntem Gummi und Plastik aus. Der Abschleppwagen fuhr mit dem ausgebrannten Peugeot unterhalb des Fensters vorbei. Minuten später war die Straße wieder leer und dunkel, als sei nichts geschehen.

Die vier blieben am Fenster stehen und schwiegen. Jupp zog sein Jackett aus, warf es über einen Stuhl und stieß dabei gegen einen Beistelltisch. Er machte mehr Licht. Sonja stellte das Tonband an.

„Na, was machen die Fingerchen..." Jupp starrte entgeistert auf das Gerät.

„Was ist das denn?"

„Den Anruf haben wir bekommen, als das draußen losging."

„Die haben hier angerufen?" fragte Jupp ungläubig. „Jetzt haben wir endlich einen Beweis."

„Einen Beweis?" fragte Tom. „Was für ein Beweis soll das sein? Du weißt so gut wie ich, daß Tonbandaufnahmen als Beweismittel vor Gericht nichts wert sind." Jupp schwieg, dann sagte er:

„Die Versicherung zahlt für den Peugeot keinen Pfennig, das Abschleppen kostet fast zweihundert Mark, und wahrscheinlich muß ich an der Stelle, wo der Wagen gebrannt hat, auch noch eine neue Asphaltierung bezahlen. Und die Feuerwehr."

„Ihr habt wirklich richtig in die Scheiße gegriffen" stellte Siegfried fest. „Da läuft irgendein Ding ab, und davon bekommt ihr hier nur einen kleinen Teil mit. Irgendjemand in Köln benutzt euch, einen anderen wissen zu lassen, daß er ihn kräftig in den Arsch treten möchte und kann."

Jupp zog das Foto von Theo aus der Hosentasche und warf es auf den Tisch.

„Auch negativ. Der Chauffeur, den wir bei Lommer II gesehen haben, war es."

„Dann haben wir doch endlich eine Person, eine Spur, der wir nachgehen können", sagte Sonja hoffnungsvoll.

„Das ist der Chauffeur des Wagens, aber nicht der Besitzer. Der nutzt uns herzlich wenig."

„Ach so", sagte Sonja enttäuscht.

„Was hat dir das Pferdegesicht ins Ohr gelabert?" fragte Tom.

„Was schon? Letzte Warnung. Dann wird's ernst, hat er gesagt." Müde lachend fügte Jupp hinzu: „Das hab ich gemerkt, ohne daß er es mir sagen mußte. Ernst ist es mir schon lange."

„Bleibt die Autonummer", sagte Sonja, die auf ihren Notizzettel starrte, in der Hoffnung, dort noch irgendwas zu finden. Was genau, davon schien sie keine Vorstellung zu haben. Einen Strohhalm. Einen Hinweis. Irgendwas, das den Verlag und sie alle aus dem Strudel der Ereignisse herauskatapultierte. Einen Schleudersitz.

„Was ist mit der Autonummer von dem Mercedes?" fragte sie nochmal. Keiner schien sie gehört zu haben.

„Die Autonummer ist eine Möglichkeit", reflektierte Jupp. „Aber wir brauchen jemanden, der uns dazu den Fahrzeughalter beschafft."

„Das wird ja wohl kein Riesenproblem sein, den Halter von der Gurke herauszufinden", blies Siegfried mit einem Selbstbewußtsein in den Raum, das alle aufblicken ließ. Jupp drückte seine halb gerauchte Zigarette nervös aus.

„Würde mich nicht wundern, wenn das bei dem Wagen nicht so einfach ist."

„Was soll denn daran schwierig sein?" hakte Siegfried nach. „Schlimmstenfalls drückt man im Straßenverkehrsamt irgendeiner Partie ein Pfund in die Hand. Oder spendiert ihr 'nen heißen Abend, und das Ding geht klar!"

Tom, Jupp und Sonja sahen wechselweise sich und Siegfried an. Der stand offensichtlich irgendwie unter Schock. Der schien sich für 'nen harten Detektiv der alten Schule zu halten. Tom kramte in seiner Hosentasche, zog einen zerknüllten Zwanzigmarkschein raus und reichte ihn Siegfried.

„Nur für den Fall, daß die Partie deinem heißen Abend Bargeld vorzieht." Siegfried räusperte sich und sah in die Runde.

„Also gut, morgen um zwölf Uhr." Tom reichte ihm die Hand.

„Al Mundi, übernehmen Sie", sagte er, und Sonja fügte hinzu: „...sich nicht." Die drei lachten, zwar etwas gequält, aber immerhin.

Es klingelte. Alle erstarrten in der Bewegung. Keiner machte Anstalten, zur Tür zu gehen. Jupp sah auf Sonja und winkte mit dem Arm Richtung Flur. Sonja schüttelte heftig den Kopf. Jupp saß der Tür am nächsten. Er fügte sich und versuchte, aufzustehen, ohne ein Geräusch zu verursachen. Der Holzboden knarrte leicht. Er tastete sich vorsichtig vor. Beim zweiten Mal erwischte ihn die Türklingel mitten in der Bewegung. Es machte ihn sichtlich fertig.

Diesmal wurde nachdrücklicher geschellt. Tom sah zu Sonja rüber, aber die war verschwunden. Er entdeckte sie unter dem Schreibtisch. Sie bedeutete ihm mit dem Zeigefinger, zu ihr zu kommen. Tom ging vorsichtig zum Schreibtisch. Siegfried schüttelte den Kopf und zeigte ihnen mit der Handfläche vor der Stirn Mattscheibe an. Sonja zog Tom zu sich runter.

„Ich glaube, du mußt heute bei mir schlafen, denn deine Wohnung wird bestimmt überwacht", sagte sie und küßte ihn auf den Mund. Tom sah sie einen Augenblick verdattert an.

„Endlich mal 'ne gute Nachricht", sagte er und drückte sich enger an sie.

Siegfried war das zu läppisch, und er schlich mit geballten Fäusten hinter Jupp her, der an der Tür angekommen war. Jupp spielte mit einem Finger an der Klappe des Spions und warf sich dann mit dem Rücken gegen die Wand, als erwarte er, daß durch die Türfüllung geschossen würde.

Siegfried mutierte endgültig zum Überdetektiv und öffnete, den sicheren Tod vor Augen, mit einem Ruck die Tür. Jupp preßte sich ganz eng an die Wand.

„Na endlich!" krähte es von draußen. Jupp brauchte gar nicht hinzusehen. Es war Frau Lempe, die Mieterin von oben, die immer meckerte, daß das Treppenhaus nicht ordentlich geputzt war.

„Wie sehen Sie mich denn an, junger Mann?" blökte sie Siegfried an. „Wollen Sie mich fressen, oder ist Ihnen nicht gut?" Siegfried fiel zu dem Thema nichts ein. Jupp verdrehte die Augen, heute blieb ihm wirklich nichts erspart.

„Ist Herr Reib nicht da?" krähte Frau Lempe weiter. Toms aufwieherndes Lachen war bis in den Flur zu hören. Siegfried wies nur wortlos hinter die Tür. Jupp kam zum Vorschein.

„Ja was machen Sie denn da, Herr Reib?" fragte Frau Lempe überrascht. Siegfried nutzte die Gelegenheit zur Flucht, drückte sich an der Lempe vorbei und war durch die Tür.

„Und was machen Sie da hinter der Tür, Herr Reib, nachdem da Ihr Auto runtergebrannt ist?"

„Ja, so genau kann ich Ihnen das nicht erklären, Frau Lempe..."

„Also, daß der Wagen überhaupt runtergebrannt ist, das gab es ja früher überhaupt nicht. Mein Mann hatte früher einen Borgward, die brannten so gut wie gar nicht." Frau Lempe mußte eine Zehntelsekunde Luft holen, Jupp nahm die Gelegenheit wahr.

„Ich möchte nicht unhöflich sein, aber wenn Sie mir sagen könnten, worum es geht..." Er machte eine vage Geste und deutete nach hinten. „Da wartet noch Arbeit auf mich."

„Ja, ja, aber selbstverständlich. Ich bin hier, weil der Wagen ja völlig runtergebrannt ist."

„Haben Sie irgendwas beobachtet?" fragte Jupp interessiert.

„Ja, sicher hab ich das beobachtet, sonst wüßte ich es ja nicht."

„Ja, aber was wollten Sie mir denn sagen, Frau Lempe?"

„Jetzt haben Sie ja gar kein Auto mehr, Herr Reib." Es entstand eine Pause. Sie schien das tatsächlich als Frage gemeint zu haben. Jupp sah auf:

„Das ist richtig. Ich bin tatsächlich ohne Fahrzeug, da mein Auto gerade eben abgebrannt ist." Auf dieses Geständnis schien

Frau Lempe gewartet zu haben. Sie griff nach Jupps Arm und zog ihn zu sich ran.

„Ich wollte Ihnen nämlich sagen, daß mein Enkel seinen Wagen verkaufen will." Sie erklärte ihm noch, daß es sich nicht um einen Borgward handele und schien sehr enttäuscht, als Jupp von dem Angebot nicht begeistert war. Erst das Argument, er habe nicht mal das Geld, sich ein neues Fahrrad zu kaufen, war ausschlaggebend und wahrscheinlich das einzige, was Frau Lempe daran hindern konnte, ihm den Wagen ihres Enkels zu verkaufen. Sie ermahnte Jupp nochmal eindringlich, auf Sauberkeit im Treppenhaus zu achten. Dann war sie endlich verschwunden.

Jupp wollte sich bei Tom ausweinen, aber der kam ihm engumschlungen mit Sonja entgegen und ging zielstrebig auf die Tür zu.

„Bis morgen, Jupp!"

„Wie, bis morgen?" Jupp war sichtlich irritiert. Tom hatte schon die Türklinke in der Hand.

„Drehen hier eigentlich alle durch?" sagte Jupp mehr zu sich selbst als zu Tom.

„Was heißt durchdrehen? Mir reicht's für heute." Dabei wedelte er mit seinem Gips. „Mein Bedarf ist für heute gedeckt."

„Versteh ich ja", lenkte Jupp ein, „aber wie soll es weitergehen?" Tom machte eine resignierende Bewegung.

„Das werden wir heute abend auch nicht mehr rausfinden."

„Weiß ich auch, aber wir könnten noch ein bißchen reden."

„Worüber?"

„Worüber? Über dies und das, über die ganze Geschichte eben."

„Hör mal, was ist denn mit dir los?" Jupp reagierte unwirsch.

„Was soll mit mir los sein? Nichts. Ich möchte einfach, daß ihr einen Augenblick wartet und wir zusammen aus dem Haus gehen, weil's mir sonst zu mulmig ist."

„Warum sagst du das denn nicht gleich?".

„Hab ich doch gesagt!"

„Also gut, wir warten." Jupp war schnell fertig und folgte den beiden auf den Flur. Sorgfältig verschloß er die Tür.

Im Hausflur ließ Tom eine von seinen bis auf den Filter runtergerauchten Kippen fallen und zeigte mit hämischem Grinsen nach oben. Jupp feixte.

,,Die Lempe macht mich noch fix und fertig."

Beim Verlassen des Hauses sahen sie sich ängstlich um.

,,Verdammt, ich hab ja gar kein Auto mehr!" Jupp blieb stehen. Tom gab ihm seinen Autoschlüssel und zeigte in die Richtung, wo der Alfa geparkt war.

,,Ich kann heute sowieso nicht. Mir tun die Fingerchen weh."

,,Hoffentlich beschränkt sich das auf deine Finger", warf Sonja schmunzelnd ein.

,,Und du?" fragte Jupp. Tom zeigte auf Sonja, und die zeigte auf einen Fiat 500, der ein paar Meter weiter parkte und kaum zu sehen war.

Jupp verabschiedete sich. Die Sache mit Tom und Sonja gefiel ihm nicht. Rein quintessencetechnisch hielt er geschäftlich und privat gerne getrennt. Sonja lachte, als Tom seine knapp Einsneunzig in den Fiat reinfaltete.

,,Im Sommer kann man das Dach aufmachen", tröstete sie ihn. Aber Tom wäre heute nacht mit Sonja auch im Messerschmittkabinenroller nach Peking gefahren.

XII.

Der Wecker riß Jupp aus den schweren Träumen, die ihm eine Schlaftablette eingebrockt hatte. Er war schweißgebadet. Die sieben oder mehr Kölsch, die er sich in der Eckkneipe auf die Schnelle reingezogen hatte, trieben ihn zum Klo.

Ein Scheißmorgen, der immer beschissener wurde, je mehr er sich die Geschehnisse der letzten beiden Tage ins Gedächtnis rief. Der Gedanke daran, daß er sich vorgenommen hatte, Margret zu besuchen, konnte ihn da nicht mehr allzusehr schrecken. Es war ein sehr schlimmer Morgen.

Der Spiegel zeigte ihn nicht von seiner besten Seite, und er war der Meinung, besser ausgesehen zu haben, bevor er sich schlafen gelegt hatte. Nach einer Katzenwäsche steckte er sich die erste Zigarette an. Sie schmeckte nicht.

Dieser Morgen war, wenn überhaupt, nur noch durch ein erstklassiges Frühstück mit Parmaschinken und allem Drum und Dran zu retten. Er hielt seinen Kopf noch kurz gegen den Rasierapparat und verließ die Wohnung.

Draußen hielt er nach dem Peugeot Ausschau, bis ihm einfiel, daß er mit genau dem blauen Alfasud gekommen war, vor dem er stand.

Er fuhr die Bachemer Straße raus. Bis zur Mommsenstraße Bürgeridylle mit Geranien in den Blumenkästen und polierten Mittelklassewagen am Straßenrand. Danach änderte sich das Bild. Die Grundstücke wurden größer, von Hecken oder Mauern abgeschirmt. Kaum parkende Autos. An der Kreuzung Decksteiner Straße dann keine Mauern und Hecken mehr. Hier standen die Häuser wie Mauern. Nichts brauchte versteckt zu werden. Durchgangsverkehr gab es nicht. Man blieb unter sich.

Jupp sah sich nach Theos Haus um. Es mußte in der Nähe sein, aber er erinnerte sich nicht genau wo. Es war lange her, daß er zuletzt hier gewesen war. Der Parmaschinken stieß ihm auf, was sicher nicht an dem zarten Schinken lag, sondern an seinem nervösen Magen. Er würde noch ein Magengeschwür bekommen über dem ganzen Theater.

Ein Wagen kam ihm entgegen. Dunkelblau. Colorscheiben. Der Fahrer kam ihm bekannt vor. K-HJ 787. Jupp stieg auf die Bremse und sah in den Rückspiegel. Es war der 500er Mercedes mit dem Chauffeur am Steuer.

Mit quietschenden Reifen wendet Jupp den Alfa und folgt dem schweren Wagen. Gedanken rasen ihm durch den Kopf. Er darf jetzt keinen Fehler machen. Bilder aus Krimis tauchen auf. Was muß man alles beachten, wenn man einen Wagen verfolgt. Wieviel Abstand muß man lassen. Jupp konzentriert sich darauf, den Mercedes im Auge zu behalten. Bis zur Mommsenstraße ist das kein Problem. Die Sonnenjalousien im Rückfenster sind quergestellt. Vielleicht sitzt jemand im Fond des Wagens. Er fährt etwas dichter auf und leicht links aus der Spur. Durch die Colorverglasung kann man aus diesem Winkel nicht mal die Umrisse des Fahrers erkennen. Über die Dürener in die Kitschburger Straße. Der Mercedes zieht stark an. Die zwei Antennen auf dem Dach biegen nach hinten durch. Eine längere Strecke oder eine Grünphase auf der Aachener Straße würden eine Verfolgung, ohne aufzufallen, unmöglich machen. Die dunkelblaue Limousine biegt rechts in die Friedrich-Schmidt-Straße ein. So hat Jupp in seinem Alfa eine Chance, ihm auf den Fersen zu bleiben. Am Hültzplatz biegt der 500er in die Fürst-Pückler-Straße ein, die zurück auf die Dürener führt. Das ist komisch. Entweder hat der Fahrer Lunte gerochen, oder er weiß nicht, wo er hin will. Im Rückspiegel taucht ein schneller BMW auf. Fährt dicht auf. Am unteren Ende der Straße ein Streifenwagen mit Blaulicht. Der Mercedes vor ihm beschleunigt plötzlich. Jupp hat ein komisches Gefühl, und im Rückspiegel sieht er den BMW, der fast Stoßstange an Stoßstange fährt. Dann geht alles ganz schnell. Der Streifenwagen blinkt auf, stellt sich quer und versperrt die Fahrbahn. Im gleichen Augenblick setzt der BMW zum Überholen an. Jupp geht voll in die Bremse. Der BMW kommt neben ihm zum Stehen. Ein Mann springt raus, reißt die Tür des Alfas auf und hält ihm eine Pistole an die Schläfe. Der Fahrer des BMW baut sich mit einer Maschinenpistole im Anschlag vor dem Alfa auf. Die beiden Polizisten aus dem Streifenwagen zielen mit ihren Waffen ebenfalls auf Jupp. Kalter Schweiß perlt ihm auf Oberlippe, Nase und Stirn. Er weiß aus der Zeitung, wie schnell man in einer solchen Situation sterben kann, ohne einen Furz gelassen zu haben. Sein Fuß drückt immer noch die Kupplung runter. Jetzt nur keinen Fehler machen, sonst ist es vorbei.

„Aussteigen!“ befiehlt der Mann, der die Pistole an seinen Kopf hält. Jupp überlegt sich verschiedene Anfänge. Was soll er wie sagen? Er möchte eine Bewegung mit der Hand machen, zwingt sich aber, sie am Lenkrad zu lassen. Sein Mund führt einige tonlose Bewegungen aus. Wie ein Goldfisch. Schließlich:

„Darf ich was sagen?“ Er bekommt keine Antwort, wagt aber auch nicht, zur Seite zu sehen.

„Ich habe den Fuß noch auf der Kupplung.“

„Stellen Sie mit der rechten Hand den Motor ab. Keine schnelle Bewegung.“ Er tut, was ihm gesagt wird. Das ist der beschissenste Vormittag, an den er sich erinnern kann. Der Schweiß läuft ihm den Rücken runter zwischen die Arschbacken. Um nicht die Beherrschung zu verlieren, muß er sich immer wieder vor Augen halten, daß er Gefahr läuft, erschossen zu werden. Was bilden sich diese Idioten ein. Wahrscheinlich haben sie den Wagen verwechselt. Tom kann froh sein, daß ihm das nicht passiert ist. Die Chance, den Mercedes zu stellen, ist jedenfalls vertan. Die Polizei, dein Freund und Helfer. Sobald sich der Irrtum aufgeklärt hat, ist für die die Sache erledigt. Seine Machtlosigkeit wird ihm bewußt. Wut steigt in ihm auf. Das Blut klopft in den Schläfen. Als er aussteigt, zerrt ihn der Zivile überflüssigerweise das letzte Stück, preßt ihn gegen die Karosserie und tritt seine Beine auseinander. Der zweite tastet ihn ab, nachdem er seine Maschinenpistole in den Innenraum des Alfa gehalten hat, um sicherzugehen, daß sich dort nicht die rotchinesische Armee versteckt. James Bond läßt grüßen. Einige Spaziergänger im nahen Stadtwald sind stehengeblieben und gaffen. Hunde stehen daneben und gucken genauso blöd. Keiner kommt näher. Hinter den Gardinen in den Häusern stehen wahrscheinlich auch schon ein paar und halten Maulaffen feil. Der zweite Polizist befummelt ihn überall. Entweder sucht der einen Mikrofilm oder ist schwul. Schließlich zieht er Jupps Brieftasche aus dem Jackett. Jupp will protestieren. Der erste Zivile drückt ihm den Lauf der Pistole gegen die Schläfe. Das ist eine klare Aussage. Links im Augenwinkel hat Jupp die beiden jungen Streifenpolizisten, die das Ganze beobachten. Man sieht ihnen an, daß sie davon träumen, auch mal so die Leute rumzuschubsen. Der Zivile mit der Maschinenpistole ist zurück zum BMW. Jupp hört, wie er seine Personendaten und die Daten des Alfas durchgibt. Bis die Antwort kommt, scheinen Stunden zu vergehen. Falls er das überlebt, muß er sich ein frisches Hemd anziehen. Was man alles für einen Blödsinn denkt, wenn man vor einem Erschießungskommando steht. Zum ersten Mal fällt ihm ein Vorteil der Bürgerkennummer ein. Man würde in so einer Situation sicher dreißig Sekunden kürzer in Todesgefahr schweben. Also nichts wie her mit der Nummer, und am besten auf die Schläfe tätowiert, damit sie der Mann am Drücker auch deutlich lesen kann.

Es schien alles klar zu sein. Person und Wagen waren in Ordnung. Alle entspannten sich etwas. Jupp etwas mehr. Seine Arme waren vom langen Hochhalten fast blutleer. Der zweite Zivile näherte sich ihm und schlug sich die Papiere nachdenklich auf den Handrücken.

„Das ist nicht Ihr Wagen, Herr Reib!" Jupp sah sich verwirrt um. Was sollte die blöde Frage. Man hatte ihn doch hier nicht rumgeschubst, um festzustellen, daß es sich nicht um seinen Wagen handelte. Er sah nochmal von einem zum anderen.

„Sie sind doch auch nicht mit Ihrem Wagen hier!"

„Wir sind dienstlich unterwegs", stellte der Beamte mit einer Betonung fest, als würde das den Urknall erklären.

„Ich fahre nur rum, um die Luft zu verpesten, bevor der Katalysator Pflicht wird" erwiderte Jupp und fragte ob er sich eine Zigarette anstecken dürfe. Dummerweise, denn er hatte vergessen, daß er vom fast toten Bürger wieder zum freien Bürger befördert war. Sie sagten nichts. Mit zitternden Händen holte er die Packung aus der Tasche, nestelte eine Zigarette raus und zündete sie mit einem Streichholz an, das er nur mühsam kontrollierte. Die zwei Streifenpolizisten kamen zutraulich näher. Ihre Waffen hatten sie wieder weggesteckt. Sie sahen ihn an wie jemanden, den sie fast nicht mehr zu sehen bekommen hätten. Der Zivile gab ihm die Papiere wieder.

„Sie können fahren, Herr Reib!"

„Sehr freundlich. Und darf ich auch fragen, warum ich hier fünfzehn Minuten lang auf der Schwelle ins Jenseits gestanden habe?" Der Zivile gab ein beschwichtigendes Lachgeräusch von sich. Sowas lernten die wohl auf der Polizeischule. So lachte nicht mal ein Seehund.

„Nun übertreiben Sie mal nicht, Herr Reib." Stolz schwang in seiner Stimme mit, zugleich auch der Versuch, die Souveränität zu betonen, die einem Herren über Leben und Tod ansteht.

„Ich hätte gern gewußt, warum ich überhaupt..." Er suchte nach dem richtigen Wort. „...überhaupt von Ihnen überfallen worden bin?" Die beiden Zivilen sahen sich an.

„Das dürfen wir Ihnen eigentlich nicht sagen. Aber Sie haben ein Fahrzeug verfolgt, das einer Persönlichkeit gehört, die besonderen Schutzes bedarf." Jupp ging ein Licht auf, aber er versuchte, sich seine Überraschung nicht anmerken zu lassen.

„Und welchen Wagen soll ich bitte verfolgt haben?" insistierte er. Die beiden sahen sich nochmal an. Das war's. Sie stiegen wieder ein. Die Streifenpolizisten schienen das als Aufforderung zu verstehen, auch einzusteigen und dieselbe Gesichtsmaske aufzulegen wie ihre zivilen Vorbilder. Die beiden Fahrzeuge fuhren zur gleichen Zeit ab.

Jupp stand auf der Straße, als hätte sich jemand mit ihm einen blöden Scherz erlaubt. Vom Stadtwald her rückte die Reihe der Gaffer näher. Die Hunde wurden wieder von der Leine gelassen. Nichts wie weg aus diesem Alptraum, dachte Jupp, bevor dir einer von den Spaziergängeraffen noch ein paar dämliche Fragen stellt. Jupp würgte den Wagen beim ersten Startversuch ab. Endlich sprang der Motor an, und er startete mit quietschenden Reifen durch.

In einem Cafe am Lindenthalgürtel nahm er einen Cognac, um seinen nervösen Magen zu beruhigen. Der K-HJ 787 gehörte also jemandem, der zu dem Personenkreis zählte, der vor Terroristen geschützt wird. Das war alles andere als erfreulich. Ein richtig dicker Fisch. Da würde Theo auch nicht viel ausrichten können. Oder kannte Theo ihn etwa? Es war ja ein merkwürdiger Zufall, daß er dem Mercedes so nah bei Theos Haus begegnet war.

„Noch einen Cognac, bitte, einen doppelten!"

Die Bedienung sah sich um, als hätte er ihr ein obszönes Angebot gemacht. In dem Laden waren drei Cognac so, als würde man die Hose runterlassen. Die Speerspitze der Mittelklassesenioren durchlöcherte ihn mit Blicken. Tatsächlich mußte er reichlich mitgenommen aussehen. Völlig durchgeschwitzt. Die Krawatte auf Halbmast und das Haar zerzaust. Die dachten wahrscheinlich, er hätte die ganze Nacht durchgemacht. Die Kellnerin baute sich vor seinem Tisch auf wie ein Storch im Salat und bestand darauf, zu kassieren. Angeblich wurde sie abgelöst. Sie log. Die alten Tucken würden es ihr mit zehn Pfennig mehr Trinkgeld lohnen. Als Jupp ging, ließ er seine angerauchte Zigarette im Aschenbecher weiterqualmen.

Diesmal kam ihm kein Wagen entgegen, und das war wahrscheinlich die Regel. Hier parkte nicht mal ein Wagen auf der Straße. Wenn in den Einfahrten ein Wagen stand, dann war es das Lieferfahrzeug einer Firma oder der Werkstattwagen eines Handwerkbetriebes. In der Einfahrt von Theos Haus stand ein kleiner japanischer Sportwagen. Wahrscheinlich Margrets Einkaufstüte. Jupp erinnerte sich, daß der Inhaber eines großen japanischen Autohauses mit Theo eng befreundet war.

Er bog in die Einfahrt. Der Kies knirschte unter den Reifen, und der Wagen rutschte, als er bremste. Hier mußte man einfach vornehmer fahren. Der rostige Alfa wollte genausowenig vor dieses große, weiß gekälkte Backsteinhaus passen wie Jupp in seiner fatalen Form an diesem Morgen. Einen Augenblick lang überlegte er, den Wagen abzuschließen. Es war kaum mehr als ein Reflex und in dieser Gegend absolut überflüssig.

Das Haus kannte er noch aus seiner Jugend. Die Rhododendronbüsche waren enorm gewachsen und verstellten Teile des Gesamtbildes, das er im Kopf hatte. Früher war das Haus wegen seiner toleranten Atmosphäre für Patenkinder und befreundete Jugendliche ein beliebter Aufenthaltsort. Theo und Margret, selbst kinderlos, hatten es wohl genossen, einen Haufen Chaoten im Haus zu haben. Der ein oder andere Zwanzigmarkschein ließ sich damals bei Theo immer locker machen. Zum Abitur hatte ihm Theo einen gemeinsamen Besuch in einem exklusiven Puff vor der Stadt geschenkt, der für Theo entspannender ausgefallen war als für Jupp. Er näherte sich dem Haus, während er versuchte, seine Sachen zu richten, und er bereute es, sich nicht frisch gemacht zu haben.

Noch bevor Jupp den Knopf der Klingel berühren konnte, öffnete sich die Tür. Margret stand da in einem türkis Hausanzug, warf die Arme zur Seite und ging in ihrer gewohnten Art auf ihn zu. Sie küßte ihn, hakte links unter, warf mit ihrer freien Hand die Tür zu und bugsierte ihn in das kleine Wohnzimmer.

„Hat ja lange gedauert, bis du hierher gefunden hast“, sagte sie gespielt vorwurfsvoll und ergänzte schnippisch: „Ich dachte, es eilt.“ Jupp bat darum, sich frisch machen zu dürfen.

„Ja, könnte nicht schaden", sagte Margret, nachdem sie ihn kritisch gemustert hatte. Sie wies ihm den Weg zum Gästeklo. Er hörte durch die Tür die Anweisungen, die sie der Haushälterin gab. Es gab Kaffee und Canapés. Das konnte nicht schaden. Jupp machte sich soweit frisch, wie das in einem Gästeklo möglich war, und benutzte das Eau de Toilette. Als er zurückkam, schien es ihm so, als habe sich der Reißverschluß ihres Hausanzuges etwas geöffnet.

„Du kannst ja nachher auch noch duschen", sagte sie, während sie auf die rechte Seite eines kleinen Zweisitzersofas deutete. Jupp setzte sich in die Ecke, sie sich in die Mitte. Obwohl sie entschlossen schien, ihm auf die Pelle zu rücken, entspannte sich Jupp und freute sich auf den Kaffee.

Das Klopfen der Haushälterin unterbrach Margrets ersten Versuch, ihn einzukreisen. Jupp war klar, daß er hier mit der Tour, sich dumm zu stellen, nicht lange durchhalten würde. Zumal ihm der Gedanke an Margret nicht so unangenehm war, wie er ihm seiner Meinung nach hätte sein müssen.

„Du nimmst doch Kaffee", sagte Margret, während sie der Haushälterin, die die Szene mit herbem Gesichtsausdruck musterte, Zeichen gab, Tasse und Teller vor Jupp abzustellen. Margret legte ein unverbindliches Lächeln auf, während der gute Geist hantierte. Als sie die Canapés vorlegen wollte, winkte Margret ab.

„Alles weitere mache ich schon", sagte sie und sah Jupp dabei von der Seite an. Dann wurde ihr von Margret höflich, aber bestimmt gesagt, sie möge sich entfernen und so schnell nicht wieder blicken lassen.

Das Eingießen des Kaffees und das Verteilen der Canapés schob die nächste Attacke Margrets etwas auf, aber sie wußte auch diese Zeit zu nutzen, indem sie sich dabei so geschickt beugte und drehte, daß er immer eine ihrer Delikatessen sehen oder berühren mußte.

„Ich habe eine ganz interessante Information für dich", köderte sie ihn und fügte hinzu: „Das war gar nicht so einfach für mich." Damit wollte sie sagen, daß er sich Mühe geben und beide Hände nehmen sollte.

„Tatsächlich hat es Theo geschafft, die ganzen Jahre einen wesentlichen Teil seiner Geschäfte vor mir zu verbergen, und nicht den uninteressantesten", sagte Margret triumphierend.

„Diese Entdeckung hast du ja auch mir zu verdanken, denn schließlich habe ich dich darauf gebracht — indirekt", versuchte Jupp, einen Fuß zwischen die Tür zu bekommen. Aber Margret war ein harter Brocken.

„Nicht mal indirekt, mein Lieber." Jupp holte seine Zigaretten aus der Tasche und hielt Margret die Packung hin. Sie rauchte auch Schwarze, wenn man sie ihr anbot.

„Die meisten Mosaiksteinchen in der Sache hatte ich schon gesammelt, aber plötzlich ergab alles einen Sinn."

„Steht Theo etwa hinter dem Manuskript?" fragte Jupp erregt. Margret legte ihre Fingerspitzen auf seinen Mund.

„Nicht so stürmisch, mein Lieber." Ihre Finger fuhren über seine Wange, berührten das Ohr und verloren sich in den Haaren. Sie zog ihn näher zu sich. „Eins nach dem anderen."

Es war so, wie sie gesagt hatte. Er konnte hinterher noch duschen, und das tat er auch. Sie waren weitergekommen, aber nicht in der Sache. Jupp war noch genauso schlau wie vorher, obwohl er dazu gelernt hatte. Gut, daß Theo nicht in Köln war, denn das hätte noch gefehlt, daß er ihn mit Margret erwischte. Sie saßen wie vorher auf dem Zweisitzersofa und rauchten.

„Eins habe ich herausbekommen. Es geht hinter den Kulissen im Augenblick um Deponiescheine, von denen im Moment keiner weiß, wer sie besitzt und wieviele."

„Deponiescheine?" fragte Jupp, als handele es sich um lebende Frösche, die er im Mund behalten müsse.

„Aha!" sagte Margret, „ihr habt eure Hausaufgaben nicht gemacht. Ihr wißt nicht mal, worum es genau geht."

„In dem Manuskript geht es darum, daß jemand unter den Abfällen Substanzen aufspürt, die geheim sind..."

„Vordergründig ja, mein Lieber", unterbrach ihn Margret und gab ihm einen Klaps dahin, wo es angenehm ist, aber auch wehtun kann.

„Wer hat also wem was zu verdanken? Du mir! Und darauf sollten wir bei Gelegenheit zurückkommen."

Die Haushälterin kam herein und bemerkte beiläufig, daß ihr Mann soeben die Einfahrt hochgefahren sei. Jupp sah Margret fragend an. Wie durch eine Eingebung hatte er sich die Haare nicht gewaschen, sonst säße er jetzt hier mit nasser Perücke. Als die Haushälterin gegangen war, hielt er Margret vor:

„Ich dachte, dein Mann sei in Koblenz!"

„Ich wußte, daß er nicht so schnell zurückkommen würde, aber Koblenz...", sie lachte, „...habe ich nur gesagt, damit du nicht so nervös bist." Sie lachte etwas lauter.

„Und wenn ich mir die Haare gewaschen hätte?"

„Wäre uns dazu auch etwas eingefallen. Mein Gott, zu großen Taten habt ihr heute das Zeug wirklich nicht mehr. Früher war fast alles verboten, aber es wurde alles gemacht. Heute ist fast alles erlaubt, aber ihr sitzt verstört in der Ecke." Sie machte eine wegwerfende Handbewegung. Theo war schon in der Halle zu hören.

„Dann sind die in dem Manuskript genannten geheimen Substanzen also nichts anderes als illegal beseitigtes Gift?" zischte Jupp noch schnell. Margret nickte. Da ging auch schon die Tür auf.

„Jupp, du hier?" Was gibt's denn?" Theo durchschritt diagonal den Raum. Dabei murmelte er Margret nur kurz einen Gruß zu. Jupp überlegte. Mitten im Raum drehte Theo sich nochmal um.

„Also was ist?"

„Ja, ich war zufällig in der Nähe, also hier in der Gegend, und da dachte ich, ich kann genausogut kurz mal reinschauen. Ich meine, ob ich nun telefoniere oder kurz mal reinschaue." Margret hatte sich etwas zurückgelehnt und musterte ihn mit aufgesetzter Neugier.

„Komm doch bitte zu Sache, Jupp! Was ist?" Margret lauschte amüsiert seinem Versuch, eine Erklärung zu stammeln.

„Ich war zufällig in der Nähe..."

„Das bist du ja immer noch", sagte Theo ohne Ironie und setzte seinen Weg durch den Raum fort.

„Mir war der Termin unserer Verabredung entfallen, und ich dachte, ich schau mal rein, wenn ich hier schon in der Nähe bin."

„Morgen mittag zwölf Uhr."

„Ach ja, richtig, das war es." Theo schien keinerlei Verdacht zu schöpfen, oder er ließ es sich nicht anmerken. Tatsächlich schien er sich der Attraktivität Margrets nicht bewußt. Er kam einfach nicht auf den Gedanken.

„Also morgen mittag zwölf Uhr", wiederholte Jupp überflüssigerweise. Theo hatte begonnen, den Stapel Post auf dem englischen Sekretär durchzuarbeiten, und antwortete, ohne sich umzusehen.

„Ja, es bleibt bei morgen mittag. Ich habe in der Sache noch einen Termin, und dann nehme ich an, ist die Angelegenheit endgültig geklärt." Jupp war begeistert. Theo hatte wirklich gesagt ‚endgültig geklärt'.

„Glaubst du wirklich", fragte er vorsichtig, „daß die Sache morgen endgültig vorbei ist? Ich meine, völlig?"

„Geklärt wird sie so oder so, die Frage ist nur, ob wir die Interessen des Verlages, also deine Interessen, optimal berücksichtigen können." Theo sprach über die Sache wie über ein Bundesligaspiel, das ihn nur mäßig interessierte.

„Meinst du, es könnte auch noch schief gehen?"

„Alles kann so lange schief gehen, bis es unter Dach und Fach ist." Er sah kurz über die Schulter nach hinten, um sich zu vergewissern, daß es tatsächlich Leute gab, denen man sowas erklären mußte. „Hoffentlich lernst du was aus der Sache." Jupp nickte eifrig. „Wie kannst du dich von so 'nem Winkeladvokaten über den Löffel balbieren lassen?" Jupp zuckte mit den Schultern.

Margret fragte, ob er zum Essen bleiben wolle und fing sich einen herben Blick von Theo ein. Jupp beeilte sich zu behaupten, daß er keine Zeit mehr habe und verabschiedete sich. Tatsächlich wollte er schnell raus, um festzustellen, was für einen Wagen Theo fuhr.

Margret brachte ihn bis zur Wohnzimmertür, dort übernahm ihn die Haushälterin. Sie hielt ihm die Tür auf, und er wollte schon an ihr vorbei, da machte sie durch einen Laut auf sich aufmerksam. Jupp folgte ihrem Blick. In der Hand hielt sie zusammengerollt seine Krawatte. Jupp lächelte verlegen. Sie verzog keine Miene. Er nahm ihr den Strick aus der Hand und stopfte ihn in die Jackentasche. Aus der anderen versuchte er, einen Geldschein zu nesteln, aber sie wartete das Ende seiner Bemühungen nicht ab, sondern schloß mit stoischer Miene die schwere Haustür. Schnell trat er einen Tritt nach vorn, um die Tür nicht ins Kreuz zu bekommen. Rausschmiß Haushälterinnenart. Die ganz harte Sorte. Er fing langsam an, sich daran zu gewöhnen, nicht mehr

Herr der Situation zu sein. Ein völlig neues Gefühl. Quintessence ade!

Neben dem Alfasud parkte ein großer BMW. Jetzt war zumindest klar, daß der Mercedes nicht Theo gehörte. Er wußte nicht, ob er darüber erleichtert sein sollte oder nicht.

XIII.

Sonja kam, mit Tüten bepackt, zurück in die Wohnung und schlug laut die Tür hinter sich zu.

„Gleich halb neun, Tom!" rief sie in Richtung einer dicken Schaumstoffmatratze, auf der irgendwo unter Decken, Patchwork, Laken und Kissen Tom liegen mußte, der keinen Laut von sich gab. Nur seine Gipshand war zu sehen. Sie ragte wie ein Mahnmal in die Höhe. Sonja hatte mit Lippenstift ein Herz draufgeschmiert. Sie schmiß den gesamten Einkauf auf den Küchentisch, drückte den Knopf der präparierten Kaffeemaschine, ging zurück ins große Zimmer und warf den Plattenspieler an. Sie stellte die Musik laut. Tom grunzte, und es kam Bewegung in die Sache, aber das war nur von kurzer Dauer.

Sonja deckte in der Küche den Frühstückstisch und rief zwischendurch immer wieder nach Tom, aber der rührte sich noch immer nicht. Es wurde ihr zu bunt. Sie marschierte zum Fußende des Bettes und zog Tom Decken und Kissen fort.

„Los, aufstehen, sonst können wir nicht zusammen frühstücken!" Tom stellte sich schlafend, und als Sonja den Versuch machte, ihm das letzte Laken abzunehmen, griff Tom zu und zog sie zu sich runter. Sie rollte rum. Er küßte sie.

„Tom, wir kommen zu spät!"

„Ich schreib dir eine Entschuldigung." Sonja versuchte, sich loszumachen, aber Tom drückte sie mit seinem ganzen Körpergewicht runter. Das war zwar nicht allzuviel, aber Sonja wehrte sich auch nicht allzusehr. Nach einem heftigen Abtausch von Küssen versuchte Sonja, nochmal energisch zu werden.

„Das wird Jupp nicht gefallen, Tom!" Tom machte ein Gesicht, als verstünde er nicht, wovon Sonja sprach. Sie stieß ihn in die Seite.

„Der hat doch gestern mitbekommen, daß wir zusammen abziehen. Und wenn wir dann auch noch zu spät in den Verlag kommen, dann gibt das Ärger."

„Du weißt doch, daß ich sein Partner bin." Tom sah, daß das Sonja nicht überzeugte. „Außerdem ist Jupp heute vormittag gar nicht da, der muß seiner Tante Margret auf den Zahn fühlen."

„Auf welchen Zahn der seiner Tante fühlt, möchte ich gern wissen." Sonja hatte also Jupps Vorliebe für Margret bemerkt, dachte er. Sieh an, sieh an, alle Frauen sind immer etwas schlauer, als man denkt.

Das wollte Tom ihr gerade sagen, als es klingelte. Sie hielten jäh inne. Durch das Klingeln drängte sich etwas in die Wohnung, das sie in der letzten Nacht ausgiebig vergessen hatten. Fragend sahen sie sich an. Sonja schüttelte den Kopf, was wohl soviel zu bedeuten hatte, daß sie sich nicht erklären konnte, wer das sei. Es war erstaunlich, wieviel Routine sie in kurzer Zeit bekommen hatten, solche Situationen zu handhaben.

Tom sah Sonja eindringlich an und formte mit dem Mund das Wort 'Post'. Sonja schüttelte den Kopf und hob ihre Hand, die sie mit ausgestrecktem Zeigefinger rollend nach vorn bewegte. Der Intensität der Bewegung nach zu urteilen, kam der Briefträger viel später. Tom richtete sich auf. Dabei gab er Sonja Zeichen, zu bleiben wo sie war. Fast stolperte er über die leere Sektflasche von gestern abend. Als er das Etikett sah und die leere Flasche Retzina daneben, wunderte er sich, daß er keinen dicken Kopf hatte.

Viel Zeit, sich zu wundern, blieb ihm nicht, denn es klingelte wieder. Diesmal nachdrücklich, energisch. Er schlich zur Haustür, die Gipshand wie einen Colt im Anschlag. Sonja schmunzelte, wie Tom so nackt durch die Gegend stakste. Tom sah kurz durch den Spion. Niemand zu sehen. Er drückte das Ohr ans Türblatt. Nichts. Jetzt hörte er, wie mehrere Schellen im Haus ertönten. Vielleicht war es doch der Briefträger. Er legte die Sicherungskette vor und beobachtete durch den Spion, was sich auf dem Flur tat.

Sonja schmiegte sich an ihn und fummelte. Tom schüttelte sie ab und drehte sich um.

„Ich glaube, jetzt haben wir einen Grund, später zu kommen." Tom blickte wieder angestrengt durch den Spion. Und da sah er die beiden auf dem Treppenabsatz. Auf den Grund, zu spät zu kommen, hätte er gerne verzichtet. Irgendjemand mußte aufgedrückt haben. Sonja machte sich wieder an ihm zu schaffen, aber er wimmelte sie ab und gab ihr Zeichen, sich ruhig zu verhalten. Sie versuchte von der Seite, seinen Gesichtsausdruck zu deuten und zupfte an seinem Arm. Tom sah kurz zu ihr hin, und sie flüsterte lautlos:

„Schwein?" Tom nickte. Sonja zog eine Grimasse, die ihren Ekel ausdrückte und begann wahllos, Stühle, Hocker und einen kleinen Beistelltisch anzuschleppen.

Tom konnte hören, wie sich das Pferdegesicht mit dem Nachbarn unterhielt. Schwein lungerte im Flur rum und sah gelangweilt aus. Der Nachbar spielte sich als Auskunftei auf und beantwortete nicht nur alle Fragen des Pferdegesichts gewissenhaft, sondern fügte auch noch seine Kommentare zu Sonjas Lebenswandel hinzu. Tom ärgerte sich über die Instinktlosigkeit dieses miesen, frustrierten Vogels, dessen Hauptanliegen es zu sein schien, seinen Dreck loszuwerden. Aus diesem Holz waren früher die Blockwarte geschnitzt, dachte Tom.

Eine Frau mit Einkaufstüten kam die Treppe hochgekeucht. Nach kurzem Gruß stellte sie sich zu den dreien und hörte schweigend mit verkniffenen Augen und schmalem Mund zu. Hinter ihr lehnte das Schwein am Geländer des Treppenabsatzes und sah sich die Vorstellung mit heruntergezogenen Mundwinkeln an. Tom kam es wie eine Szene aus einem surrealistischen Theaterstück vor und er konnte die Figuren des Pferdegesichts und des Schweins verstehen. Der Ekel stand dem Schwein im Gesicht, angesichts dieses lausigen, geschwätzigen Drecksacks, der Sonjas Gewohnheiten so gut kannte, daß er im Brustton der Überzeugung verkündete, das Mädchen würde spätestens um viertel vor neun die Wohnung verlassen.

Tom warf einen Blick auf seine Mickymaus-Uhr. Tatsächlich schon kurz vor neun. Das Pferdegesicht war nicht so leicht abzuwimmeln. Schließlich erklärte der Drecksack triumphierend, daß sie ja sogar Männerbesuch gehabt habe. Er habe gehört, wie derjenige in den frühen Morgenstunden gegangen sei. Tom erinnerte sich. Er war gegen fünf nochmal zum Automaten gegangen, um Zigaretten zu holen. Die alte Drecksau. Wahrscheinlich hatte der wirklich nichts anderes zu tun, als zu lauschen. Die Frau mit den Einkaufstüten nickte monoton zu den Ausführungen und sah die beiden Männer abwechselnd an.

„Sie sind von der Polizei?" fragte sie mit einem schleimigen Unterton in der Stimme.

„Nicht direkt", sagte das Schwein gedehnt und sah sie dabei an, als würde er ihr gerne die Kehle durchbeißen. Das Pferdegesicht bereitete den Rückzug vor und blickte nochmal fragend auf die Tür, hinter der Tom stand. Dann verschwanden die beiden.

Tom ging zum Telefon und versuchte, Jupp zu Hause und im Verlag zu erreichen. Sicherheitshalber, denn die beiden waren ja mal wieder ihretwegen unterwegs. Er erreichte Jupp nicht. Tom sah zu Sonja rüber, die in der Küche am Frühstückstisch hantierte.

„Sonja!" Sie blickte auf. „Ich glaube, es ist besser, du wohnst, bis die Sache ausgestanden ist, bei deiner Mutter."

„Ich glaube, du duschst dich besser erst mal und ziehst was an", erwiderte Sonja lachend.

„Ich meine es ernst, Sonja."

„Ich auch, Tom." Beide lachten.

„Also hör mal...", setzte Tom erneut an, stand aber auf und ging Richtung Bad.

„Ich weiß, du meinst, es sollte jetzt so werden wie in den Filmen, wo der Polizist, der von seinen eigenen Leuten und den Gangstern gejagt wird, Frau und Kind auf den Greyhoundbus setzt und verspricht, anzurufen, sobald er seine Unschuld bewiesen hat." Tom wollte etwas sagen, aber Sonja fuhr fort: „Diese Sorte Film läuft doch nur noch in der Cinemathek. Und zieh 'ne Plastiktüte über den Gips."

„Quatsch", quetschte Tom neben der Zahnbürste raus. „Du mußt einfach weg, das wird sonst zu link." Sonja erwiderte nichts, sondern schenkte Kaffee ein. Sie würde sich nicht abschieben lassen. Auch dann nicht, wenn sie ihr kleines süßes Auto abbrennen würden. Dabei ertappte sie sich bei dem Gedanken, daß alles so unreal war und man die Gefahr, sobald sie nicht mehr unmittelbar präsent war, einfach vergaß. Jetzt spürte sie doch die Angst. Trotzdem entschloß sie sich, zu bleiben und tröstete sich mit dem Gedanken, daß man sie schon nicht umbringen würde.

„Die schrecken vor nichts zurück, wenn du mich fragst!" rief Tom aus dem Bad. Ohne Zahnbürste. Sie hatte Tom nicht gefragt und würde es auch nicht tun.

XIV.

Siegfried hatte an diesem Vormittag klare Vorstellungen von dem, was er unternehmen würde. Das einzige, was ihm an der Sache nicht gefiel, war der Umstand, daß das Straßenverkehrsamt um zwölf dicht machte. Das war knapp, und als er schließlich kurz vor zwölf in der Herkulesstraße ankam und aus seinem alten Käfer stieg, glaubte er, den schwierigsten Teil der Aufgabe schon gelöst zu haben.

In der Glastür vor dem Gang mit den Endzahlschaltern prüfte er den gekonnt struppigen Sitz seiner verwegenen Chaosfrisur und fuhr sich durch den Dreitagebart, bevor er entschlossen auf die Tür mit der Endziffer Sieben zuging und sie mit gekonntem Schwung öffnete.

Die Dame hinter dem Schalter war zwar nicht ganz seine Kragenweite, aber, na ja. Er baute sich vor der schätzungsweise einhundertundzehn Kilo schweren Vertreterin des weiblichen Geschlechts auf, räusperte sich und gab einige kehlige männliche Laute von sich. Mit wenig Erfolg. Er versuchte es nochmal und strich dabei mit dem Handrücken über seine Stoppeln. Es kam Bewegung in die Angestellte des Straßenverkehrsamtes, die gerade noch sehr beschäftigt schien. Mit einer Hand gestikulierte sie in Richtung Raumende und rief den Namen ihrer Kollegin. Als Inge zu ihr hinsah, sagten die hundertundzehn Kilo, während sie auf Siegfried zeigte:

„Da kannst du dich jetzt drum kümmern. Du hast ja auch den Übersetzer weggeschickt." Siegfried verstand nichts. Inge kam und beschwichtigte ihre erregte Kollegin. Dann sah sie Siegfried streng an und sagte nachdrücklich:

„Sprechen Sie deutsch?" Siegfried sah sich um. Er war tatsächlich gemeint.

„Natürlich spreche ich deutsch. Ich bin Deutscher." Inge und die dicke Marga brachen in Gelächter aus.

„Entschuldigung", sagte Marga, „ich dachte, Sie seien Türke. Warum haben Sie denn nichts gesagt?"

Es war einfach ein Fehler, vor zwölf aufzustehen, um irgendwelchen intellektuellen Spinnern zu helfen, dachte Siegfried. Andererseits war Marga ihm jetzt zumindest einen Gefallen schuldig.

„Was kann ich für Sie tun?“ fragte sie mit hochrotem Kopf.

„Ich habe ein kleines Problem.“ Die beiden prusteten wieder vor Lachen. „Mir ist jemand ins Auto gefahren.“ Die beiden wurden ernster. Marga schluckte und versuchte, das Lachen zu unterdrücken.

„Also Ihnen ist jemand ins Auto gefahren? Wollen Sie denn eine Anzeige erstatten?“ fragte Marga.

„Nein, genau das wollte ich vermeiden, denn es könnte ja sein, daß der Fahrer das gar nicht gemerkt hat. Und da möchte ich natürlich nicht direkt eine Anzeige erstatten, das ist ja unangenehm. Ich wollte zunächst mal mit dem Besitzer sprechen.“ Er sah Marga und Inge einen Augenblick lang erwartungsvoll an, aber die reagierten nicht. Die waren wirklich zu blöd.

„Also, ich dachte, Sie könnten mir freundlicherweise“, er lächelte charmant, „den Besitzer des Wagens nennen, damit ich Kontakt aufnehmen kann.“

„Also normalerweise ...“ begann Marga vorsichtig, während sie ihre Kollegin im Auge behielt, „also normalerweise dürfen wir das nicht. Sie versuchte, im Gesicht von Inge Zustimmung zu finden, aber die verschloß sich und ging zurück an ihren Platz.

„Normalerweise dürfen wir das nicht, aber ich will mal eine Ausnahme machen.“ Dabei warf sie Siegfried einen tollkühnen Blick zu und Inge eine verächtliche Kopfbewegung hinterher.

„Haben Sie denn die Nummer?“ Darauf hatte Siegfried gewartet. Er schnellte mit seiner Hand vor, griff sich einen Kuli und schrieb die Nummer auf einen Zettel. Marga zog den Zettel an sich.

„K-HJ 787?“

„Genau. K-HJ 787!“

Sie war schon auf dem Weg zu dem großen Drehregal. So macht man das, dachte er und freute sich auf die Gesichter der Verlagsheinis. Marga schien nicht fündig zu werden und sah mehrmals zu ihm rüber. Dann wühlte sie in einer Mappe und murmelte vor sich hin. Es hörte sich so an, als wolle sie sagen, sie sei gleich zurück. Das schien Siegfried richtig verstanden zu haben, denn Marga setzte ihre hundertundzehn Pfund in Bewegung. Er klopfte sich eine Zigarette aus der plattgedrückten Packung und steckte sie an.

Oben am Ende des Raumes bei Inge und der älteren Dame, die hier offensichtlich die Vorsitzende mimte, wurde diskutiert, dann rollte Marga wieder an und nahm vor ihm Platz. Der Stuhl ächzte.

„Die Kollegin sagt Ihnen gleich Bescheid. Sie können hier warten oder oben, das ist egal." Sie war jetzt reservierter. Er wartete eine ganze Weile, und er bemerkte lediglich, daß immer eine der drei Frauen zu ihm hinsah. Schließlich sahen sie ihn alle drei an.

Die zwei Polizisten sahen ihn nicht an. Die hatten offensichtlich eine ziemlich genaue Beschreibung von ihm.

„Sie sind vorläufig festgenommen. Folgen Sie uns bitte."

„Und weshalb, wenn ich fragen darf?"

„Kommen Sie bitte mit." Die beiden Polizisten hakten ihn unter und bugsierten ihn in Richtung Tür. Marga, Inge, die Vorsitzende und die anderen Figuren waren alle aufgestanden und an den Tresen getreten, um seine Verhaftung in ganzer Größe mitzuerleben.

„Ich nehme an, das habe ich Ihnen zu verdanken!" schleuderte Siegfried über die Schulter in Richtung Marga. Margas Zentner wichen angeekelt einige Zentimeter zurück. Die zwei Polizisten verstanden das als Aufforderung, ihn härter anzufassen und drückten mit Siegfrieds Nase die Flügeltür zum zentralen Gang auf.

„He!" protestierte er, „geht's schon zum elektrischen Stuhl, oder darf ich vorher noch meinen Anwalt sprechen?"

„Wohl zuviel Krimis gelesen?" zischte der junge Polizist unter seinem Zwirbelschnäuzer zwischen den eingefallenen Backen. Als er sah, wie Siegfried ihn musterte, drehte er seinen Arm mit einem Ruck nach hinten. Siegfried gab einen kurzen Schmerzlaut von sich. Die Leute im Gang, die darauf warteten, daß ihre Nummer auf der Leuchtanzeige erschien, beobachteten die Szene schweigend.

„Mit Burschen wie Ihnen werden wir ganz leicht fertig", sagte der Kollege mit blonder Poppermähne unter der Schirmmütze und bartlosem Babygesicht.

Siegfried versuchte noch die Wilde-Mann-Nummer aufzuführen, aber das brachte nichts, außer daß sie seinen Kopf auf Kniescheibenhöhe runterschraubten. Und so fügte er sich in sein Los und schwor sich, nie mehr vor zwölf aufzustehen, und wenn noch so viele intellektuelle Verleger ihn um Hilfe bitten würden.

Rauchen durfte er nicht im Streifenwagen, Fragen stellen auch nicht. Am Waidmarkt wurde er erkennungsdienstlich behandelt.

Siegfried sträubte sich, aber der Mann schien es gewohnt, seine Arbeit an unwilligen Klienten zu verrichten.

„Hören Sie“, sagte er so leise, daß man genau hinhören mußte, „hier haben Sie zwei Möglichkeiten. Entweder du tust, was ich dir sage, oder ich rufe Verstärkung, und die tun mit dir, was ich denen sage. Also?“

Das war insgesamt ein gutes Argument, und da die Fingerabdrücke so oder so genommen würden, entschloß sich Siegfried, einfach seine Hand hinzuhalten. Im Gesicht des Erkennungsdienstbeamten erschien ein kaltes Lächeln.

„Ich sehe, wir verstehen uns.“ Da war sich Siegfried nicht sicher.

Nachdem die Prozedur beendet war, wurde er wieder von den beiden Polizisten abgeholt.

„Sie bleiben also dabei, daß Ihnen das Fahrzeug K-HJ 787 beim Zurücksetzen gegen den hinteren Kotflügel gefahren ist?“ fragte der Popper. Siegfried blieb dabei und mußte ein entsprechendes Protokoll unterschreiben.

„Und warum bin ich verhaftet worden? Warum hat man mir die Fingerabdrücke abgenommen?“ Die Polizisten sahen ihn mitleidig an.

„Wenn Ihre Geschichte wirklich stimmen sollte, dann ...“ Er sah Siegfried nochmal prüfend an. Siegfried hielt dem Blick stand. „...dann haben Sie einfach Pech gehabt.“ Das war's. Mehr schien für ihn heute nicht drin zu sein. Der Schnäuzer zeigte auf die Tür.

„Nur noch eine Frage. Sind Sie Kölner?“ Schnäuzer und Popper sahen sich kurz an und schüttelten beide den Kopf.

„Wieso?“ fragte der Popper.

„Dacht ich's mir“, sagte Siegfried und öffnete die Tür, „Kölner gehen nicht zur Polizei.“ Er schloß die Tür hinter sich und ließ die zwei mit einem Fragezeichen im Gesicht zurück.

Vom Waidmarkt aus ging er in ein Stehcafé auf der Hohen Pforte und kaufte sich einen Kaffee. Es war einfach noch verdammt früh. Damit er keinen Ärger mit Schwarzfahren bekam — dieser Morgen war auf Ärger angelegt — nahm er sich ein Taxi zum Straßenverkehrsamt, stieg dort in seinen Käfer und fuhr nach Hause. Eine Runde schlafen, und dann feststellen, daß alles nur ein Traum war.

XV.

Jupp fuhr zurück zur Stadt. Auf der Lindenstraße bog er, einer plötzlichen Eingebung folgend, in die Engelbertstraße ein. Es schien ihm ratsam, sich mal wieder bei der Köln-Revue blicken zu lassen. Jetzt, wo er darüber nachdachte, fand er es beschämend, daß er nicht mal angerufen hatte, um sich nach Knöspels Befinden zu erkundigen. Er parkte den Alfasud unter einem Parkverbotsschild; der einzige Parkplatz weit und breit.

Bevor er zur Köln-Revue ging, steuerte er noch eine Telefonzelle an, um kurz im Verlag anzurufen. Er fand keine Groschen und warf zähneknirschend ein Markstück ein. Niemand meldete sich. Typisch, die machen Mittag, und ich armes Schwein muß arbeiten. Immerhin hatte er die Mark gespart. Als er aus der Telefonzelle trat, hatte sich eine städtische Denunziantin vor dem Alfa aufgebaut und schlug gerade ihren Block auf. Jupp beschleunigte seinen Gang und stieg in den Wagen ein, ohne ein Wort zu sagen. An diese Tanten war jeder Laut verschwendet.

Als er das zweite Mal um den Block gefahren war und immer noch nichts gefunden hatte, war er es leid. Er parkte mitten in der Toreinfahrt der Köln-Revue. Die Stahltreppe knarrte noch immer.

Zu seiner Überraschung saß Knöspel tatsächlich schon wieder in einem Sessel am äußeren Ende der Redaktion. Er reichte Knöspel die Hand und schüttelte sie vorsichtig.

„Ich war gerade im Krankenhaus, und da hat man mir gesagt, du seist schon wieder draußen", log Jupp und wunderte sich, wie gut Knöspel schon wieder aussah. Der Brustkasten schien zwar immer noch bandagiert, so dick trug der Pullover auf, und die rechte Gesichtshälfte war noch blau, gelb und grün, aber alles in allem hatte er sich die Sache schlimmer vorgestellt.

„Ich hab es nicht mehr ausgehalten und bin auf eigene Verantwortung abgehauen." Knöspel war erstaunlich gut gelaunt. Er zeigte auf seinen Brustkorb.

„Der macht noch ein bißchen Probleme, aber der Rest ist okay." Die anderen in der Redaktion beobachteten, wie Jupp mit Volker sprach, um sicherzugehen, daß sie sich in Zukunft richtig verhielten. Kollektivbewußtsein. Jupp zog sich einen Stuhl ran.

„Ich hätte mich schon früher bei dir sehen lassen, Volker, aber uns machen die richtig die Hölle heiß.“ Jupp erzählte, was im Verlag passiert war.

„Dann waren das also andere, als die Typen, die hier aufgeräumt haben?“ fragte Knöspel.

„Das sind zwei Sadisten. Dem Tom haben sie einfach zwei Finger gebrochen. Einfach so, wie sie mir das Auto abgefackelt haben. Nur, um uns unter Druck zu halten.“

Knöspel sah auf eine Pinwand, an der das vergrößerte Foto des Schlägers hing, den er erkannt hatte.

„Und der da? Der ist euch nicht über den Weg gelaufen?“ Jupp schüttelte den Kopf. Er war sich nicht sicher, ob sie mit Pferdegesicht und Schwein tatsächlich besser bedient waren.

„Was habt ihr sonst noch in der Sache rausgekriegt?“ fragte Knöspel neugierig. Als Jupp nicht direkt antwortete, gab er die Antwort selbst.

„Also, tatsächlich muß hinter der ganzen Geschichte ein handfester Giftmüllskandal stecken. Und wenn sich die Sache erst mal geklärt hat, werden wir wahrscheinlich auch den Vorabdruck fortsetzen.“ Jupp sah ihn erstaunt an.

„Trotz allem, was ich dir gerade erzählt habe?“ Darauf antwortet Knöspel gar nicht erst. Scheinbar wußten die hier schon mehr als er und hatten ein ehrliches Interesse, die ganze Sache vollständig aufzudecken.

Er überlegte kurz, was er Knöspel erzählen konnte und was nicht. Keinesfalls konnte er Theo erwähnen, das war ja für die hier sowas wie Staatsfeind Nummer eins. Pleiten-Theo in der Köln-Revue. Theo würde ihn eigenhändig mit seinem besten Jagdgewehr erschießen. Bevor er mit seinen Überlegungen fertig war, hatte Knöspel schon einen Schnellhefter hervorgezogen und reichte ihn Jupp. In dem Hefter waren Fotos von Mülldeponien, Adressen, Inhaber und Einzelheiten über gelagerte Stoffe, soweit bekannt.

„Das sind die Mülldeponien, ich glaub, es sind vierzehn oder fünfzehn, die im Umkreis von sechzig Kilometern liegen, und auf die die Beschreibung der im Manuskript erwähnten Deponie paßt.“ Jupp war beeindruckt. Das hätte er denen nicht zugetraut. Erstklassige Recherche, und das in kürzester Zeit. Jupp hielt die Mappe hoch und sah Knöspel fragend an.

„Kann ich mir hiervon eine Kopie machen?“

„Klar, deshalb hab ich sie dir ja gegeben."

„Okay, übrigens hab ich einen Tip bekommen. Es sind im Moment irgendwelche Deponiescheine im Umlauf, die bestimmte Leute lieber vernichtet sähen." Davon wiederum wußte Knöspel nichts, aber er sagte, daß einer der Köln-Revue-Leute in der Richtung arbeite.

„Und nach welchen Kriterien habt ihr die hier rausgesucht?"

„Laut Manuskript kann die Deponie nicht mehr als fünfzig Kilometer von Köln weg sein. Wir haben sicherheitshalber sechzig genommen. Und es handelt sich um das Gelände einer alten Kiesgrube oder einer stillgelegten Ziegelei, deren Tonabbau zur Deponie umfunktioniert wurde. Die näheren Angaben sind ja nicht sehr präzise und teilweise widersprüchlich.

„Was ist, wenn es sich nicht um eine Deponie handelt, oder die Deponie geschlossen worden ist? Schließlich steht in dem Manuskript nicht Genaues darüber, wann die ganze Sache spielt."

„Deponien, die in den letzten zehn Jahren geschlossen wurden, haben wir berücksichtigt. Aber davon kommt keine in Frage, das haben wir überprüft." Knöspel machte eine kurze Pause. „Und daß es sich um eine illegale Deponie handelt, halte ich für unwahrscheinlich." Jupp nickte.

„Ja, dagegen sprechen auch die Deponiescheine."

Die Brillenschlange hatte die ganze Zeit in der Nähe gewurschtelt und kam mit zwei Bogen Papier zu ihnen an den Schreibtisch.

„Soll ich das mitkopieren?" fragte sie Jupp und nahm ihm, ohne eine Antwort abzuwarten, die Mappe aus der Hand.

„Ein- oder zweimal?"

„Zweimal, wenn's geht", antwortete Jupp und sah Knöspel an. „Beim letzten Besuch sind wir hier nicht so freundlich behandelt worden." Knöspel lächelte.

„Das war ein Mißverständnis. In dieser Sache sitzen wir ja im selben Boot, aber das war nicht allen klar." Er drehte sich etwas im Sessel und zeigte nochmal auf das Foto an der Pinwand.

„Übrigens, den da und seine Jungs hat keiner mehr gesehen seit der Nacht, in der die hier gewütet haben."

„Wie habt ihr das denn rausbekommen?"

„Einer unserer Mitarbeiter arbeitet im sozialen Brennpunkt und macht da Streetwork ..."

„Was macht der?" fiel ihm Jupp ins Wort.

„Streetwork. Sozialarbeiter mischen sich unter die Zielgruppen und hören, was sich da so tut. Und einer arbeitet draußen in Chorweiler, Neu-Ehrenfeld und hat sich mal umgehört. Die Typen sind alle wie vom Erdboden verschwunden.

„Was hat das zu bedeuten?" fragte Jupp. Knöspel zuckte mit den Schultern.

„Darauf können wir uns auch noch keinen Reim machen. Aber wie unser Mann sagt, muß das nicht unbedingt etwas zu bedeuten haben. Diese Typen tauchen auf und verschwinden wieder. Heute Köln, morgen Berlin und nächste Woche Hamburg."

Die Brillenschlange kam zurück, gab ihm zwei Kopien der Deponienliste, fein säuberlich abgeheftet, und schenkte ihm ein für ihre Verhältnisse bezauberndes Lächeln. Er schien Chancen zu haben, ins Kollektiv aufgenommen zu werden.

Jupp verabschiedete sich von Knöspel, und der ganze Stall sagte brav 'tschüs', als er die Redaktion verließ. Taktische Kollaboration nannte man das wohl.

Als er sich hinter das Steuer des Alfa setzte, bekam seine Laune einen Dämpfer. Auf dem Außenspiegel war ein Aufkleber 'Parke nicht auf unseren Wegen' angebracht. Die Radfahrer hatten zugeschlagen. Laut fluchend stieg er aus und fummelte so lange an dem unangenehm hartnäckig klebenden Ding rum, bis er wenigstens einen Teil des Spiegels wieder frei hatte.

Mit Wut im Bauch setzte er zurück auf die Straße und scheuchte eine Oma auf, die ihm mit dem Schirm drohte und einige kölsche Verwünschungen hinterherrief. Falls auch nur die Hälfte davon eintreffen sollte, wäre er besser sofort gestorben, als darauf zu warten.

Er fuhr in den Verlag. Kein Tom, keine Sonja. So lange würden die beiden es doch wohl nicht in der Frittenbude aushalten. Ihm kam ein fürchterlicher Verdacht. Er wählte Sonjas Nummer. Tom nahm ab.

„Erledigst du die Verlagsarbeit neuerdings vom Bett aus?" fragte Jupp.

„Du bist ein Arschloch, Jupp! Unsere beiden Freunde sind wieder unterwegs. Und wir sind ihnen nur knapp entgangen. Da hat nicht viel gefehlt. Und du laberst so einen Blödsinn. Schließlich haben wir dir den ganzen Schlamassel zu verdanken. Ich hab mir die Finger nicht selber gebrochen."

„Beruhige dich mal, Tom. So hab ich's nicht gemeint."

„Überleg dir das vorher."

„Alles klar. Du kannst mich auch mal. Ich war heute morgen bei Margret und hatte vorher eine unheimliche Begegnung der dritten Art mit einem 500er Mercedes und einer Horde wildgewordener Bullen."

„Ich kapier die ganze Geschichte nicht mehr. Auch das mit Pferdegesicht und Schwein stimmt irgendwie nicht. Die könnten doch viel mehr machen, wenn sie wollten."

„Du hast heute morgen aber keinen Mangel am Humor", stellte Jupp fest. „Du meinst, die könnten uns genausogut über den Haufen schießen?" Tom erwiderte nichts. „Wahrscheinlich hätten die sich heute Sonja vorgenommen, wenn ihr nicht geschaltet hättet."

Tom jedenfalls wollte nicht mit Sonja aus dem Haus, solange er sich nicht sicher war, daß sie unten nicht auf sie warteten. Und Sonja allein in der Wohnung lassen, wollte er auf keinen Fall.

„Also, Jupp, du mußt uns hier abholen und antesten, ob die Luft rein ist."

„Glaubst du, die beschatten euch?"

„Wer weiß. Darauf ankommen lassen möcht ich es nicht."

„Gut, ich komme vorbei."

Sonja wohnte am Gottesweg, und Jupp brauchte eine ganze Weile, um auszuchecken, ob tatsächlich niemand das Haus beschattete. Viele versteckte Parkmöglichkeiten. Kleine Plätze, Kioske und halboffene Grundstücke, wo jemand hätte stehen können. Jupp fuhr mehrmals um den Block. Er wagte nicht, auszusteigen, denn Pferdegesicht konnte mit seinem unangenehmen Begleiter jederzeit auftauchen. Schließlich war er sich sicher, daß sie nicht in der Nähe waren.

Er parkte in der zweiten Reihe, sprang aus dem Wagen und klingelte fünf Mal, wie sie es vereinbart hatten. Jupp stellte sich mit dem Rücken zur Tür und beobachtete die Straße und die gegenüberliegende Häuserfront. Systematisch kontrollierte er jeden Hauseingang und jede Einfahrt, ob irgendwo ein Schatten zu sehen war. Im Hausflur hörte er Tom und Sonja, die lachend die Treppe runterkamen. Na, die hatten Humor.

Die beiden traten aus der Haustür. Jupp bat Tom, bei ihm mitzufahren, damit er ihm über den neuesten Stand der Dinge berichten konnte. Sonja streckte ihnen die Zunge raus und ging zu ihrem Auto.

„Nicht, daß die Sonja jetzt im Verlag durchdreht, weil du mit ihr rummachst." Tom sah Jupp schräg an.

„Ich glaube, das wäre unser kleinstes Problem im Augenblick, selbst wenn sie es tun würde", sagte er scharf. Jupp hob die Hände.

„Ist ja schon gut! Ich weiß, im Augenblick hab ich keine guten Karten." Sie stiegen in den Alfa und fuhren los. Vor ihnen tuckerte Sonja in ihrem kleinen Fiat. Jupp angelte vom Rücksitz die Liste mit den Deponien.

„Hier, lies mal." Tom blätterte schweigend in den Fotokopien.

„Am besten ist, du zeigst das alles mal Margret, vielleicht weiß die da was mit anzufangen", sagte er schließlich.

„Ich überlege, ob wir überhaupt noch weiterbohren sollen, sonst vergraul ich mir fünf Minuten vor zwölf noch Theo, und der läßt die ganze Schau platzen." Jupp erzählte in Stichworten von seinem Besuch bei Margret und seinem Bullen-Abenteuer.

„Was sind das denn für Deponiescheine, von denen Margret gesprochen hat?" Jupp schob die Unterlippe nach vorn und zog die Schultern hoch.

„Ich hab dir doch gesagt, daß Theo gekommen ist und wir nicht weiterreden konnten."

„Und hat sie dich über die Bettkante gezogen?" Jupp verzog keine Miene. „Alles für die gute Sache, wie bei den Kreuzrittern." Tom grinste. „Jetzt willst du also aufhören, rumzustochern?"

„Was heißt aufhören. Ich möchte vermeiden, Theo zu verärgern, denn der ist wahrscheinlich der einzige, der uns aus der Sache heil rausbringen kann."

„Wie, glaubst du denn, sieht die Lösung aus?" Jupp schwieg einen Augenblick.

„Ich denke, Theo kennt zumindest einen Beteiligten und weiß auch, worum es geht. Dazu würde auch meine Begegnung mit dem Mercedes passen. Wie ich Margret verstanden habe, hängt Theo in der Geschichte mit drin." Er machte eine kurze Pause. „Und wie ich Margret einschätze, verfolgt sie ein anderes Ziel als wir."

„Welches?" fragte Tom. Jupp überlegte kurz.

„Ich nehme an, Margret möchte Material sammeln, um Theo

für den Fall einer Scheidung oder sowas unter Druck setzen zu können. Ihr geht's um Geld."

„Das ist ja wie bei Dallas." Jupp überging den Einwand und führte seinen Gedanken zu Ende.

„Deshalb könnte Theo sehr verärgert sein, wenn wir ihm sozusagen gemeinsam mit Margret auf die Füße treten, und deshalb halte ich es für besser, zu warten."

„Worauf?"

„Tom! Stell dich doch nicht so blöd an! Ich will einfach warten, daß Theo die Sache klarmacht." Tom insistierte.

„Wie, klarmacht?" Jupp spürte, worauf Tom hinauswollte und mußte Farbe bekennen.

„Na, du weißt schon. Ich hoffe halt, daß Theo den Typ an der Hand hat, dem es die Vierzigtausend wert sind, daß das Manuskript nicht veröffentlicht wird."

„Und dann würdest du das Manuskript und die ganze Sache vergessen. Aus, vorbei, Schwamm drüber?" Jupp schwieg. Sie standen hinter Sonja an der Ampel vor der Zülpicher Straße. Jupp sagte mit fester Stimme:

„Ja, das würde ich! Ich würde das vergessen, und wenn du mich fragst, ist es das einzig Vernünftige, was wir tun können." Er sah Tom an, solange ihm der Straßenverkehr das erlaubte.

„Also, das fände ich beschämend für uns. Einfach aufstecken und die ganze Geschichte zur Seite schieben. Das ist doch alles eine Riesenschweinerei. Außerdem ist da noch die Köln-Revue. Denen kannst du schließlich nicht verbieten, weiter zu recherchieren und zu drucken." Jupp hatte befürchtet, daß Tom seine Auffassung nicht teilen würde. Was die Köln-Revue betraf, hatte er sich auch schon seine Gedanken gemacht. Knöspel ließ sich bestimmt nicht ohne weiteres an die Kette legen.

„Tom, ich habe heute morgen zehn Minuten lang mit einem Pistolenlauf an der Schläfe vor dem Wagen gestanden und mir fast in die Hose gemacht und zwar nur, weil ich hinter dem Wagen des Mannes hergefahren bin, der irgendwas mit der Sache zu tun hat! Er selbst war wahrscheinlich nicht mal im Auto, nur sein Chauffeur. Da hängen Leute mit drin, da bekommst du schon mit ihren Autos Ärger." Tom war schwer zu überzeugen.

„Ich könnte verstehen, wenn du solange etwas ruhiger bleiben wolltest, bis Theo den Verlag zumindest aus dem unmittelbaren Gefahrenbereich rausbugsiert hat. Und wenn jemand die Vierzigtausend bezahlt und wir von Lommer II einen Freibrief bekommen, umso besser. Aber gleich, was wir tun, ich möchte die Sache nicht zu den Akten legen, bevor wir wissen, wer dahintersteckt." Jupp schüttelte den Kopf.

„Du glaubst doch nicht im Ernst, daß das so laufen könnte! Wenn Theo das vermittelt, ich sage wenn, dann wird der mir doch das Versprechen abnehmen, in Zukunft die Finger von der Sache zu lassen."

„Das würdest du ihm geben?"

„Was heißt würdest. Das müßte ich ihm geben, Tom! Das müßte ich ihm geben."

„Du ziehst also den Schwanz ein." Jupp wurde ungehalten.

„Nenn es, wie du willst, aber von allem anderen mal abgesehen, Theo ist Familie, er ist der Bruder meiner Mutter."

„Und wenn sich herausstellt, daß er ganz dick in diesen Umweltschweinereien mit drinsteckt? Wenn sich herausstellt, daß er zu den Leuten gehört, denen es auf ein paar Fässer Dioxin nicht ankommt, wenn nur die Kasse stimmt?" Jupp zuckte mit den Schultern.

„Was erwartest du von mir?"

„Was ich erwarte?" wiederholte Tom. „Ich erwarte, daß wir weitermachen, bis das Ding geklärt ist. Deshalb hast du doch Margret auf Theo angesetzt."

„Das ist richtig, Tom, aber versteh doch! Mittlerweile glaube ich, daß mein lieber Onkel Theo mit in der Sache drinsteckt. Das verändert die Lage."

„Wieso?" fragte Tom unbeirrbar. Jupp wurde sauer. Sie standen auf der Inneren Kanalstraße kurz vor der Unterführung an der Uni im Stau und kamen nur noch im Schrittempo voran. Vor ihnen Sonja, die sie im Rückspiegel beobachtete.

„Weil Theo Familie ist!" brüllte Jupp. „Begreifst du? Familie! Wenn ich Theo ans Messer liefere, wird das von denen keiner verstehen. Und wahrscheinlich würde ich ganz nebenbei enterbt. Verstehst du das nicht?"

„Um ehrlich zu sein, nein. Ich versteh das nicht. Wenn jemand die Umwelt, das Grundwasser vergiftet, um Geld zu verdienen, dann hört da für mich Familie auf." Tom schlug den Packen Fotokopien vor das Armaturenbrett und wiederholte: „Da hört für mich alles auf, wenn jemand in solche Schweinereien verwickelt ist."

„Ja. Ja. Ja." Jupp lief rot an. „Du hast so verdammt recht und bist so verdammt moralisch, aber glaubst du denn, ein Liter Grundwasser oder ein Feuchtbiotop oder wie der ganze Scheiß heißt, kommt davon wieder in Ordung?" Tom antwortete ganz ruhig.

„Jupp, wenn wir aufhören, an der Sache zu arbeiten, steige ich aus dem Verlag aus. Also klar und deutlich: Wenn wir deshalb die Geschichte nicht mehr weiterverfolgen, weil dein Onkel Dreck am Stecken haben könnte, dann bin ich aus dem Verlag draußen."

„Wenn es meinen Onkel Theo nicht gäbe, gäbe es in kürzester Zeit gar keinen Verlag mehr, aus dem du aussteigen könntest."

„Wenn du nicht die blöde Zusatzvereinbarung unterschrieben hättest, wären wir auf die Hilfe deines sauberen Onkels gar nicht angewiesen." Auf der Kreuzung Aachener Straße war offenbar ein schwerer Unfall und es ging nicht mehr weiter. Sie standen rund hundertfünfzig Meter von der Kreuzung entfernt und stellten den Motor ab. Eine Straßenbahn war in einen Sattelzug gefahren, der über die Gleise links abgebogen war. Jupp versuchte, wieder Ruhe in das Gespräch zu bringen.

„Wir reden darüber, Tom, als hinge es von mir oder von uns ab, Theo seiner gerechten Strafe zuzuführen. Wenn Theo in die Sache verstrickt ist, dann ist er auch nur ein kleines Rädchen in der Geschichte, und weder er noch die wirklich Großen, die da mitmischen, werden sich von uns auch nur auf den kleinen Zeh treten lassen."

„Vielleicht", sagte Tom, „aber ich möchte erst mal Konturen in die Angelegenheit bekommen, bevor ich mich entscheide."

„Also gut", sagte Jupp, „wir machen solange weiter, bis wir wissen, wer mit drinsteckt, und dann überlegen wir noch mal und wägen das Risiko ab."

„Okay", antwortete Tom gedehnt, „auf dieser Basis können wir uns einigen." Er sah Jupp von der Seite an. „Und du meinst es wirklich ehrlich?"

„Denkst du, ich belüge dich?"

„Das nicht gerade, aber ..." Tom machte eine wegwerfende Handbewegung und streckte Jupp dann die Hand hin.

„Abgemacht." Jupp schlug ein.

Ein riesiger Kranwagen hob den Straßenbahnwagen vorne an und setzte ihn wieder auf die Gleise. Kurz darauf ging es weiter. Sie fuhren zum Verlag.

XVI.

Tom saß in Gedanken versunken am Schreibtisch und beobachtete das Hin und Her der Rotgekleideten vor dem Baghwan-Restaurant, die alle versuchten, beschwingt und positiv auszusehen. Das Gespräch vom Mittag ging ihm nicht aus dem Kopf. Wenn er ehrlich war, traute er Jupp nicht mehr hundertprozentig. Der Gedanke gefiel ihm nicht. Er starrte auf das gegenüberliegende Haus.

Früher, als Kind, hatte er mit Jupp stundenlang vor den Riesenhaufen der Waldameisen gehockt. Zunächst hatte keiner gewagt, darin zu stochern, vor allem dann nicht, wenn Jupps Schwester in der Nähe war. Die schrie direkt los, wenn man auch nur dem blödesten Insekt zuleibe rückte. Wenn sie allein waren, warfen sie auch schon mal ein brennendes Streichholz in das Gewimmel oder beobachteten, was passierte, wenn man einen Regenwurm reinhielt.

Tom dachte immer an die Waldameisen, wenn er das Treiben der Baggis beobachtete, und fragte sich, wieso die soviel hin und her liefen, und sie hier normalerweise den ganzen Tag auf ihrem Hintern saßen. Das war es, was er sich wünschte, einen normalen, einen stinknormalen Arbeitstag im Verlag. Das schien schon lange zurückzuliegen.

Obwohl sie täglich die Roten sahen, wurde über die Baggis nie gesprochen. Für Sonja, die sonst zu allem ihren Senf dazugab, waren die Baghwans ebenfalls kein Thema. Wahrscheinlich gab es die häßlichen Acryl-Pullover, die sie immer trug, nicht in Rot. Tom lächelte und sah zu Sonja, die am Schreibtisch rumbosselte.

Das ganze Baggi-Theater war ja eigentlich nichts anderes als ein blöder Witz, den man in hundert Varianten gehört hatte. So was wie 'zehn kleine Negerlein' mit buddhistischem Einschlag oder ähnlicher Quatsch. Diesen ganzen Nonsens kennt man. Aber dann macht man eines Morgens das Fenster auf, und da marschiert so eine Truppe tatsächlich rum. Da fällt einem einfach nichts zu ein. Das ist wie mit den mexikanischen Komparsen in den amerikanischen Western, die sterben und sterben und sterben, und in der nächsten Szene stehen sie schon wieder da. Man könnte mal den Regisseur fragen, ob er das originell findet.

„Tom!" Jupp probierte es nochmal lauter. Tom schreckte auf.

„Ja, was ist?“ fragte er.

„Was ist mit dir los? Woran denkst du?“

„Ich hab über alles mal so nachgedacht, und irgendwie kann ich deinen Standpunkt mit Familie und so auch verstehen.“

„Ist schon gut, Tom. Eigentlich hast du Recht, aber es ist alles durcheinandergekommen, und da weiß man plötzlich selbst nicht mehr, was richtig und was falsch ist.“

„Hört mal her“, rief Sonja von hinten, „was ich hier unter den Stadtanzeigersachen gefunden habe!“

„Was für Stadtanzeigersachen?“ fragte Tom.

„Na, das ganze Zeug, das Siegfried angeschleppt hat.“

Das war im Eifer des Gefechts vergessen worden. Tom ging zu Sonja und stellte sich hinter sie.

„Zeig mal her.“ Er versuchte, Sonja die Fotokopien aus der Hand zu nehmen, aber sie hielt fest.

„Du mußt mir ja nicht alles sofort wegnehmen.“ Tom ließ los, weil seine Zigarette, bis auf den Filter abgebrannt, zwischen seinen Fingern glomm und langsam heiß wurde. Sonja rümpfte die Nase.

„Mann, das stinkt ja ekelhaft. Außerdem ist es ganz schön ungesund, wenn du immer den halben Filter mitrauchst.“ Tom drückte den angekohlten Filter im Aschenbecher aus, und Sonja las laut vor.

„Verurteilter LKW-Fahrer nimmt sich nach Prozeß das Leben. Nachdem der dreiundvierzigjährige Berufskraftfahrer Erwin Busse wegen illegalen Abkippens sogenannter 'Filterkuchen' (Rückstände der chemischen Industrie) mit Verlust der Fahrerlaubnis auf Lebenszeit bestraft wurde, nahm er sich zwei Tage nach dem Urteil unter bisher nicht geklärten Umständen das Leben. ... Erwin Busse hinterläßt eine Frau und zwei erwachsene Kinder.“ Tom hatte mitgelesen und stieß plötzlich einen Schrei aus.

„Wau! Mich tritt ein Pferd!“ Er riß Sonja die Kopie mit einem Ruck aus der Hand. „Hier! Das glaubt kein Mensch. Ein Foto mit der Unterschrift: ‚Erwin Busse nach der Urteilsverkündung'. Und jetzt kommt's: 'Neben ihm sein Anwalt (zweiter von links)'. Jupp, rat mal, wer der Anwalt von Erwin Busse war!“ Tom hielt ihm das Foto hin.

„Kann ich von hier aus nicht erkennen.“

„Ist das etwa dieser Lommer II, der euch die ganze Sache eingebrockt hat?“ fragte Sonja.

„Genau! Es ist unser spezieller Frosch-Lurchi-Drecksack-Anwalt, der uns das Kuckucksei ins Nest gelegt hat.“ Jupp war perplex.

„Das ist ja ein dickes Ding. Zeig mal her!“ Tom reichte ihm den kopierten Zeitungsausschnitt.

„Tatsächlich, unser Freund Viktor Lommer II, das Arschloch!“ Jupp starrte auf das Bild. „Das kann natürlich Zufall sein.“ Tom geriet aus dem Häuschen.

„Zufall? Das soll Zufall sein? An so einen Zufall glaub ich nicht.“ Jupp las den Artikel halblaut vor sich hin.

„Also hier. Der Typ hat als Subunternehmer für die IMV gearbeitet, was soviel heißt wie Industriemüll-Verwertungsgesellschaft. Da müßte man mal Näheres drüber wissen.“ Sonja hatte das Branchentelefonbuch rausgeholt und blätterte.

„Ich hab's, IMV GmbH & Co. KG, 5216 Niederkassel.“ Jupp ließ den Zeitungsausschnitt sinken und sah Tom an.

„Also, das ist doch 'ne starke Geschichte.“ Mit einem Ruck stand er auf und ging zum Telefon, nahm den Hörer und überlegte kurz.

„Hoffentlich hab ich die Nummer richtig behalten.“ Er wählte und wartete auf das Freizeichen.

„Bist du es, Margret?“ Es war die Haushälterin, aber Margret war da. Er redete nicht lange drumherum.

„Sagt dir der Name IMV — Industriemüll-Verwertungsgesellschaft etwas?“ Am anderen Ende der Leitung war es still. Jupp wiederholte:

„IMV.“

„Irgendwie kommt mir der Name bekannt vor.“

„Irgendwie? Erinnere dich doch mal an den Zusammenhang.“

„Theo ist Kommanditist der Firma, glaube ich“, sagte Margret schließlich.

„Was heißt, glaube ich“, fragte Jupp scharf.

„Na, das heißt, daß ihm da Anteile gehören.“

„Und was heißt das wieder?“

„Das heißt, das ich mehr nicht weiß. Ich bin doch keine Wirtschaftswissenschaftlerin.“ Jupp verabredete sich mit Margret für den nächsten Tag. Eine gute Stunde bevor er Theo im Tennisclub treffen würde.

Tom hatte sich darangemacht, die restlichen fotokopierten Zeitungsausschnitte zu sichten. Es war eine Menge Zeug und ausschließlich Umweltskandale im Kölner Raum. Ein Teil davon beschäftigte sich mit dem Prozeß und dem Selbstmord des LKW-Fahrers, der für die IMV gearbeitet hatte. Der Fall hatte vor mehr als zwei Jahren viel Wirbel gemacht, weil der Mann sich geweigert hatte, seine Auftraggeber zu nennen und bis zum Schluß behauptet hatte, er habe auf eigene Rechnung gearbeitet. Die Höhe der Strafe, die über dem Antrag des Staatsanwalts gelegen hatte, wurde im Pressekommentar vor allem darauf zurückgeführt, daß sich Erwin Busse geweigert hatte, mit dem Vertreter der Anklage zusammenzuarbeiten.

„Also, da ist eine Riesenschweinerei abgelaufen", resümierte Tom den Artikel. „Was den Selbstmord angeht, gab es Zweifel, ob es tatsächlich Selbstmord war, oder ob da nicht vielleicht jemand nachgeholfen hat. Dein Onkel Theo, Jupp, da kannst du hundertprozentig von ausgehen, der hängt da mit drin, so sicher wie das Amen in der Kirche." Jupp starrte blicklos auf das Stahlregal mit den Aktenordnern.

„Vielleicht ist das Manuskript sogar an unseren Verlag geschickt worden, weil Theo mein Onkel ist." Der Satz stand lange im Raum, und je länger man darüber nachdachte, desto logischer klang er.

„Manchmal kommen Gedanken auf, da fühlt man sich so richtig klein. So unbeholfen und abhängig, da wird einem richtig schwindelig", sagte Sonja mit leiser Stimme und verlegenem Lächeln. Sie umfaßte mit den Händen ihre Oberarme und schüttelte sich. „Solche Gedanken machen mir eine Gänsehaut."

Tom und Jupp war nicht viel anders zumute. Entweder stand man vor einer Mauer, oder es taten sich Abgründe auf. Tom überlegte, ob Jupp nicht tatsächlich Recht hatte mit seiner Meinung, man solle nur sehen, daß man selbst einigermaßen heil aus der Sache rauskäme. Es konnte durchaus passieren, daß sie den Geist hinterher nicht wieder in die Flasche bekämen und dastünden wie angeschmierte Zauberlehrlinge.

„Wie soll es denn jetzt weitergehen?" fragte Sonja, die ahnte, was in den beiden vorging. Jupp steckte sich eine Zigarette an. Tom brauchte er keine anzubieten, der hatte immer eine in der Hand.

„Gib mir auch eine", sagte Sonja und duzte Jupp, aber das merkte keiner, oder es war keinem wichtig. Sie rauchten eine Weile schweigend. Sonja drehte das häßliche kleine Küchenradio an, das sie, allen Quintessencegefühlen ihrer Chefs trotzend, an ihrem zweiten Arbeitstag mit ins Büro gebracht hatte. WDR II. Nachmittägliches Gealbere. „Sonst fällt uns hier noch die Decke auf den Kopf."

Jupp ging im Raum auf und ab. Tom rauchte Filter und kniff die Augen zusammen, wenn er an dem Stummel zog. Er sah dann aus wie ein Chinese auf dem Klo, dachte Sonja.

Das Telefon klingelte. Sonja stellte das Radio aus. Es war Theo. Sonja hielt Jupp den Telefonhörer hin. Er spürte Toms Blick und drehte sich um, während er nach dem Hörer griff. Er sah einen Anflug von Mißtrauen in Toms Augen.

„Ja, ja, Theo ... Natürlich können wir sprechen ... Natürlich halte ich mich an Abmachungen ... Wieso selbstverständlich? Moment. Darüber haben wir so nie gesprochen ... Welche Nachforschungen meinst du? ... Du kannst doch nicht erwarten, daß wir tatenlos hier ... Natürlich habe ich Vertrauen, aber ... Ja, wir wollen eine gütliche Einigung, natürlich ... Ja, Theo. Ich mache das ja nicht, um dir Ärger zu machen ... Es tut mir leid, wenn das von deinen Freunden so verstanden wird ..."

Jupp mied Toms Blick und sah aus dem Fenster. Sonja räumte mechanisch ihren Schreibtisch auf.

„... Ich, wir haben niemanden darüber informiert ... Aber uns ist hier schon ganz schön die Hölle heiß gemacht worden. Die haben mein Auto angesteckt und meinem Partner zwei Finger gebrochen." Jupp sah Tom an. „ ... Und woher weißt du das? Ich habe dir das nie gesagt ... Ach so, deshalb rufst du mich an, damit sowas nicht nochmal passiert. Wie fürsorglich von dir."

Tom machte eine ungeduldige Handbewegung in Richtung Sonja und zischte:

„Schalt das Tonband an!" Jupp fuhr herum und drängte Sonja weg. Er quetschte das Saugmikro vom Telefonhörer.

„ ... Nein, Theo, es ist keiner in meinem Büro, ich bin allein ... Nein, es kann auch keiner mithören ... Es bleibt unter uns ... Gut. Ja, ja, sicher ... Nein, ich habe das richtig verstanden ... Nein, es ist alles klar ... Gut, gut. Also bis morgen im Club."

Jupp legte den Hörer zurück auf die Gabel und atmete tief durch.

„Verdammt, das ist einfach zuviel!" Er schlug mit der Faust auf den Schreibtisch. „Und was zuviel ist, ist zuviel. Jetzt hat er den Bogen überspannt! Ich bin doch nicht einer seiner blöden Speichellecker. Der kann mich mal!" Er sah Toms fragendes Gesicht und erklärte:

„Theo meint, er müsse mich auf Linie trimmen. Er verbietet mir, mit euch über die Sache zu sprechen. Er verbietet mir, irgendwelche Nachforschungen zu betreiben, die mit der Sache zu tun haben. Er verbietet mir einfach alles und droht indirekt, daß er mich ins Messer laufen läßt, wenn ich nicht tue, was er will."

„Hat er das so gesagt?" vergewisserte sich Tom. Jupp nickte heftig.

„Genau so! Genau so hat er das gesagt."

„Woher weiß er denn überhaupt, daß wir etwas unternommen haben?" fragte Tom. Jupp hörte gar nicht zu.

„Erst kommt dieser miese Anwalt daher und versucht, uns vierzigtausend Mark abzupressen, und dann kommen so beschissene Halbweltfiguren, schubsen mich rum und brennen mein Auto ab. Dann halten mir irgendwelche Terrorspezialeinheiten eine Pistole an den Kopf, und jetzt will Onkel Theo, ein Mitglied meiner eigenen Familie, mich mit einer Scheiße erpressen, die er mir wahrscheinlich indirekt eingebrockt hat! Jetzt reicht es mir aber. Mir steht's bis hierhin!" Jupp schlug sich überdreht an die Stirn. „Der ganze Schweinestall wird ausgemistet. Theo kann mich kreuzweise! Den seh ich erst vor Gericht wieder, und zwar als Angeklagten!"

„Beruhig dich mal erst, Jupp", sagte Tom mit betont ruhiger Stimme.

„Nein! Ich beruhige mich nicht!"

„Wir müssen zunächst den Verlag mit Theos Hilfe aus der Gefahrenzone manövrieren, dann können wir die Sache zu Ende bringen. Sonst haben wir keine Chance."

„Genau. Ich werde dem alten Sack gegenüber so tun, als wäre ich das liebe Patenkind, das immer schön blöd hinter Onkel Theo hertrottet, und dann", Jupp schlug beide Handflächen hart zusammen, „dann werden wir ihn in seinen Umweltschweinereien ersäufen wie einen jungen Hund."

„Eins nach dem anderen, Jupp. Erst muß Theos Vermittlung zustande kommen, und wir von der Regreßvereinbarung mit Freund Froschlurchi runterkommen."

„Tom hat recht", sagte Sonja beschwörend. Jupp nickte still.

Alles sträubte sich in ihm gegen den Zwang und das Gefühl der Ohnmacht. Nur gut, dachte Jupp, daß nicht alle auf einmal durchdrehen und die Brocken hinschmeißen. Auch Sonja war erstaunlich gelassen. Insgesamt war sie stabiler als er oder Tom. Er sah sie von der Seite an. Unterschätzt hatte er sie auf jeden Fall.

„Also", begann er und zwang sich, überlegt und ruhig zu wirken, „wir werden weitermachen und versuchen, dabei so wenig wie möglich auf die Sahne zu hauen. Alles schön unauffällig. Sobald die Sache mit Theo klar ist, können wir wieder mehr Gas geben."

„Das ist auf jeden Fall der klügere Weg." Sonja sagte das, als hätte sie eine andere Möglichkeit nie ernsthaft in Erwägung gezogen.

„Ich hab noch eine Idee. Ich fahr mal raus zu meiner Mutter und frag sie, was Theo im Augenblick geschäftlich so alles am laufen hat. Und ihr könntet euch vielleicht mal bei dieser IMV in Niederkassel umsehen, was da so abläuft."

„Okay, dann brechen wir auf und sehen, was dabei rauskommt", sagte Tom.

Draußen kam ihnen Siegfried entgegen. Tom streckte ihm zur Begrüßung die Hand entgegen und sagte:

„Fahrzeughalter oder zwanzig Mark zurück!" Siegfried sah ihn an, als würde er ihn gleich niederschlagen. Tom zog die Hand zurück. Eine Gipshand reichte ihm.

„Ihr hättet mir wenigstens sagen können, daß das 'ne ganz heiße Nummer ist." Sonja stieß Tom an:

„Dahinten steht ein weißer Golf, und ich glaube, da sitzt jemand drin." Tom drehte sich um und sah besorgt zu dem parkenden Wagen.

„Ich bin im Straßenverkehrsamt verhaftet worden, und am Waidmarkt haben die mich erkennungsdienstlich behandelt." Siegfried war empört, daß er damit keinen großen Eindruck auf die drei machte.

„Während du im Straßenverkehrsamt warst, bin ich dem 500er nachgefahren und hatte auch 'ne böse Überraschung."

„Hört mal! Bevor ihr euch hier eure gesammelten Abenteuer erzählt, würde ich vorschlagen, wir machen uns mal Gedanken, wie wir hier wegkommen, ohne verfolgt zu werden."

„Wo steht denn dein Käfer?" fragte Sonja Siegfried. Der deutete mit dem Kopf nach hinten.

„Dich werden sie nicht verfolgen. Geh schon mal zu deinem Auto. Sobald die hinter uns herwollen, setzt du deinen Wagen so, daß die nicht durchkommen." Siegfried sah Sonja etwas ungläubig an.

„Und dann reißen die mir den Kopf ab, du Komikerin."

„Ich verzichte dann auch auf die zwanzig Mark", sagte Tom. Das gab den Ausschlag.

Sie setzten sich in ihre Autos und starteten. Der weiße Golf fuhr langsam an. Es saß nur eine Person in dem Golf, und es war weder Pferdegesicht noch Schwein. Siegfried stellte seinen Käfer quer in die vollgeparkte Straße und simulierte Startschwierigkeiten. Der Fahrer des weißen Golf tobte und stieg schließlich aus, um Siegfried auf die Sprünge zu helfen. Fast hätte ihn dieser unangenehme Mensch erreicht, da ließ Siegfried seinen Käfer anspringen und gab Vollgas. Die anderen hatten genug Vorsprung.

XVII.

Jupp fuhr die Rheinuferstraße Richtung Rodenkirchen. Es war früher Nachmittag, und er kam zügig voran. Dreißig Minuten später würde hier Stau sein. Die Fahrt am Rhein entlang erinnerte ihn an seine Jugend. Wie oft war er diese Strecke zur Schule gefahren. Zuerst mit dem Fahrrad, dann mit der Solex und später mit dem ersten eigenen Auto. Damals waren die größten Sorgen die nichtgemachten Hausaufgaben gewesen. Er erinnerte sich an die verschiedenen Gerüche des Flusses zu den verschiedenen Jahreszeiten. Hinter ihm hupte jemand, weil er nur noch knapp vierzig fuhr. Er schwenkte nach rechts, um Platz zum Überholen zu machen. Als sein Hintermann an ihm vorbeizog, zeigte der Fahrer ihm einen Vogel. Jupp nahm es gelassen, er hatte sich in den letzten drei Tagen an Schlimmeres gewöhnt.

Unter der Rodenkirchener Brücke hielt die Polizei den roten BMW, der ihn gerade überholt hatte, an. Geschwindigkeitskontrolle. Schadenfreude kam in ihm nicht auf. Seit dem Vorfall im Stadtwald hatte sich seine Einstellung zur Polizei geändert.

Jupps Mutter wußte von den Ereignissen im Verlag nichts. Außer einer kleinen Notiz über den ausgebrannten Peugeot und die randalierenden Skins in der Köln-Revue-Redaktion war in den Zeitungen nichts erschienen. Er würde seiner Mutter sagen, daß der Wagen in der Werkstatt sei.

Sie nach Theos Geschäften auszufragen, war nicht so einfach, denn sie hatte immer ein starkes Gespür dafür, was hinter einer Sache steckte. Er würde umsichtig vorgehen mussen, um ihr Mißtrauen nicht zu wecken.

Als er die kurze Garageneinfahrt hochfuhr, kam sie erst mit einiger Verspätung an die Tür, da sie den Wagen nicht erkannt hatte. Entgegen Jupps Annahme verlor sie kein Wort über das Auto, sondern begrüßte ihn besonders herzlich, da er sie längere Zeit nicht besucht hatte. Sie erkundigte sich nach dem Stand der Dinge im Verlag, und Jupp improvisierte einige Geschichten, um normalen Geschäftsgang vorzutäuschen. Seine Mutter bot ihm zu essen und zu trinken an. Obwohl ihm nicht nach Essen zumute war, entschied er sich für eine aufgewärmte Kohlroulade, die seine

Mutter immer hervorragend zubereitete. Hätte er das Essen ausgeschlagen, wäre sie mißtrauisch geworden.

Jupp versuchte, das Gespräch auf allgemeine familiäre Themen zu lenken, um so schließlich auf Theo zu kommen. Jupps Mutter kommentierte die interfamiliären Geschehnisse der letzten Zeit mit ironischer Distanz und versah sie mit bissigen Kommentaren. Sie war die Älteste gewesen und mußte in der Kriegs- und Nachkriegszeit für die ganze Familie sorgen und zeitweise sogar ganz allein durchbringen, da der Vater lange in Kriegsgefangenschaft gewesen war.

Diese Zeit hatte seine Mutter geprägt und sie zu der starken Persönlichkeit gemacht, die sie war. Über ihren Witz und Humor vergaß man oft, daß in ihr ein harter Kern steckte, der dann zum Vorschein kam, wenn Probleme anstanden.

Sie stellte den Teller mit den Kohlrouladen vor ihn hin und eine Flasche Kölsch mit zwei Gläsern dazu. Dieses ewige Essenmachen war auch eine der Marotten der Kriegsgeneration. Manchmal fragte er sich ernsthaft, ob seine Mutter annahm, daß drei Kilometer weiter in Köln Lebensmittelknappheit herrschte.

„Übrigens habe ich Onkel Theo in der Stadt getroffen, vor Café Franck", warf er zwischen zwei Bissen Kohlroulade so harmlos wie möglich ein und sah weiter auf seinen Teller. Es kam keine Resonanz. Er mußte nochmal nachhaken: „Dem scheint es ja recht gut zu gehen." Und er wußte genau, was seine Mutter jetzt sagen würde.

„Inwiefern?" fragte sie tatsächlich, und Jupp unterdrückte ein Lachen, denn genau das sagte Theo immer, wenn man irgendwelche Bedenken äußerte, was seine Geschäfte oder sein Privatleben anging. 'Mir geht es recht gut' pflegte er dann hinzuzufügen. Was soviel hieß wie: 'Kümmert euch um euren eigenen Dreck'.

„Ja, ja, der Theo." sagte Jupps Mutter nachdenklich.

„Was macht der eigentlich mittlerweile?" fragte Jupp scheinbar arglos. Seine Mutter sah ihn kurz an, und etwas von ihrer Härte trat in die Augen. Sie zog die rechte Schulter hoch.

„Was macht Theo eigentlich. Das ist eine Frage, die keiner außer Theo — und vielleicht noch Margret — beantworten kann. Der macht alles mögliche. Was, weiß niemand genau."

„Der hatte doch mal dieses Kieswerk."

„Wir hatten mal dieses Kieswerk", sagte sie betont, „und als das nicht mehr rentabel war, hat er uns Geschwistern die Anteile abgekauft. Auf das Geld haben wir allerdings eine ganze Weile warten müssen."

„Und wieso kauft der ein Kieswerk, das nicht rentabel arbeitet?"

„Der wollte die ganzen Gruben zuschütten und dann später darauf bauen."

„Wo war das nochmal", fragte Jupp und fürchtete schon, daß diese Frage zuviel gewesen sei, aber seine Mutter schien keinen Verdacht zu schöpfen. Sie hing anderen Gedanken nach.

„Hinter Porz, in der Nähe von Niederkassel war das Kieswerk", antwortete sie schließlich.

Niederkassel. Theos Kiesgrube und die IMV. Das paßte alles verdächtig gut zusammen. Er erinnerte sich plötzlich auch, daß in den Fotokopien, die er von Knöspel bekommen hatte, eine Deponie in Niederkassel erwähnt war.

Seine Mutter wollte ihm noch eine weitere Kohlroulade auf den Teller bugsieren, aber er verweigerte die Annahme.

„Manchmal bin ich auch furchtbar", sagte seine Mutter lachend, „ als ob es in Köln nichts zu essen gäbe. Aber ein Stück Kuchen darf ich dir doch einpacken?" Jupp mußte lachen.

„Klar. Noch lieber wären mir drei Stücke, dann kann ich den beiden im Verlag auch eins mitbringen."

„Dann pack ich dir den halben Kuchen ein."

„Von mir aus!" sagte Jupp, noch immer lachend. Seine Mutter begann umgehend mit der Verpackungsaktion, bevor er es sich anders überlegte.

„Schade, daß du nicht länger bleiben kannst, Jupp." Sie drückte ihm einen Kuß auf die Backe. „Aber du mußt mir versprechen, Sonntag zum Essen zu kommen."

„Ich kann es dir wirklich nicht hundertprozentig versprechen, Mutter, aber wenn es eben geht, komme ich." Sie gab ihm einen letzten Kuß, bevor er wegfuhr.

XVIII.

Wenn die Bezeichnung 'Industrie-Müll-Verwertung' auf dem Firmenschild ernst gemeint war, hätte man das halbe Firmengelände direkt mitverwerten können.

„Diese Entsorgungsfirma ist die größte Umweltverschmutzung, die ich je gesehen habe", sagte Tom zu Sonja und lachte. Sie standen an der Böschung der Straße, die hier über eine hohe Trasse lief, und sahen in die Senke, in der die Baracken der IMV standen. Das Gelände wirkte verlassen. Nichts rührte sich. Das windschiefe Maschendrahttor war mit einer schweren Kette und Vorhängeschloß gesichert. Auf zwei halb ausgeschlachtete LKWs kam ein fahrtüchtiger. Insgesamt stand es sechs zu drei. Hinzu kam ein alter Bagger, der zum Kran umgerüstet war. Das ganze sah aus, als sei es eine kurz nach der ersten industriellen Revolution bankrott gegangene Geisterfirma, die höchstens noch als Kulisse für ein deprimierendes Sozialdrama taugte. Das einzige, was in etwa so aussah, wie man sich die Anlagen einer Firma mit dem angegebenen Gesellschaftszweck vorstellte, war ein knapp zehn Meter hoher Aluminiumschornstein, der mitten aus einer der alten Baracken aufstieg wie ein Zeichen für eine neuere, bessere Technik, von der der Rest der Firma noch nichts wußte.

„Das ist eher ein Fall für das Gewerbeaufsichtsamt", sagte Tom.

„Ich wußte gar nicht, daß du so ordnungsliebend bist."

Sonja stand da, mit dem Wind im Rücken, und das Haar wehte ihr ins Gesicht. Mit dem Wind kam der Geruch von verfaultem Kohl von der Union-Kraftstoff über den Rhein geweht und vermischte sich mit den Abgasen der Dynamit-Nobel. Tom drehte sich einmal um seine Achse. Von diesem erhöhten Punkt konnte man auf der anderen Rheinseite das ganze Industriegebiet von Wesseling und Godorf sehen. Chemie, Eisengießereien und Raffinierien bliesen hier in die Luft, was die Schornsteine hergaben. Und das war einiges. In allen nur vorstellbaren Farbschattierungen quoll es aus den Schloten.

„Komm, wir sehen uns die ganze Sache mal aus der Nähe an", sagte Sonja in einem Ton, als sei es das normalste auf der Welt, über einen Zaun zu klettern und auf einem Firmengelände rumzuschnüffeln. Tom zögerte. Sonja gab ihm einen Puff in die Seite.

„Komm schon, stell dich nicht so an. Da unten ist doch kein Mensch." Tom hielt mal wieder seine Gipshand hoch.

„Das nicht, aber schließlich bin ich doch behindert. So richtig auf die Tube drücken kann ich mit der Hand nicht."

„Das brauchst du ja auch nicht. Dieser lächerliche kleine Zaun, da hüpfen wir drüber. Aber vielleicht finden wir unten irgendwas, einen Aktenordner oder Vernichtungsscheine, oder wie das Zeug heißt."

„Willst du denn da unten einbrechen?"

„Wir müssen ja nicht gleich einbrechen, vielleicht ist da unten ja irgendwas auf." Sonja stieg entschlossen ein Stück die Böschung runter. „Also, jetzt komm schon!" Tom setzte sich übertrieben vorsichtig in Bewegung. Die ganze Aktion paßte ihm nicht.

„Also, der Zaun sieht nicht so aus, als würde er einen Tresor voll belastender Dokumente schützen." Sonja sah zurück. „Du kannst ja hier warten. Ich seh mich mal alleine um." Tom legte einen Schritt zu.

Sonja ging den Zaun entlang, bis sie einige Meter weiter an eine Stelle kam, wo der Maschendraht fast völlig auseinanderfiel und nur vom Stacheldraht zusammengehalten wurde. Sie zerrte an den rostigen Resten. Tom verfiel in Laufschritt.

„Warte, ich helfe dir!" Sonja hing sich nochmal mit ihrem ganzen Gewicht an den Zaun. Der obere Draht gab nach, und sie landete im Gestrüpp der Böschung.

„Schon erledigt!" Tom hielt ihr die rechte Hand hin und half ihr auf. Sie wollte sofort durch das entstandene Loch auf das Firmengelände, aber Tom hielt sie zurück.

„Laß erst mal sehen, ob uns keiner beobachtet hat." Tom blickte einmal über das gesamte Gelände. Niemand war zu sehen, kein Laut zu hören. Sonja machte ihre Hand frei.

„Nun komm schon, du Feigling!"

Ohne zu zögern, ging sie auf das Grundstück. Leise vor sich hinfluchend folgte Tom nach. Dabei blieb er mit seinem Sakko hängen und zog sich einen Faden.

„Verdammter Blödsinn! Ich bin doch kein Detektiv! Ich bin nur ein verdammter Idiot, daß ich mich von dir zu solchen Aktionen überreden lasse."

Sonja war schon verschwunden. Tom sah sich suchend um. Er ging um die Baracke rum. Weit und breit keine Sonja. Plötzlich bewegte sich das Wellblechtor an der Stirnseite.

„Pssst, hier!“ Es war Sonja, die ihn in den Geräteschuppen reinwinkte.

„Leider gibt's hier keinen Durchgang zu dem Büro vorne.“

„Hast du's schon versucht?“

„Wie denn? Es gibt keine Verbindungstür.“ Tom blinzelte in das Halbdunkel des Raums. Sonja zog ihn rein und schloß das Tor. Langsam gewöhnten sich seine Augen an das dämmrige Licht. Im hinteren Teil lagen große Mengen unterschiedlich langer Schläuche von ungefähr zehn Zentimeter Durchmesser. Sie waren, durch Kanthölzer gesichert, zu hohen Stapeln getürmt. Zwischen den Schläuchen hatte man einen schmalen Gang frei gelassen.

„Da!“ Tom deutete auf das Kopfende der Baracke. „Das sieht aus wie eine Tür. Wenn es eine ist, führt sie in den vorderen Teil.“

„Ja, das könnte hinhauen!“ Sonja stürmte los. Staubwolken wirbelten auf. Hier hatte schon lange keiner mehr gearbeitet.

„Es ist eine Tür,“ rief Sonja vom Ende des Gangs. Sie rüttelte heftig an der Klinke. „Aber sie ist verschlossen.“

Tom folgte Sonja durch die Gasse zwischen den Schläuchen. Rechts und links hielt er Ausschau nach einem Werkzeug, mit dem man der Tür auf die Sprünge helfen konnte. Schließlich entdeckte er zwischen Seilbündeln eine Spitzhacke ohne Stiel. Mit der rechten Hand zog er sie unter den Seilen vor und stieß dabei mit dem Gips gegen ein rostiges Eisenblech. Das tat weh.

Sonja nahm ihm die Hacke aus der Hand. Ihre Backen waren gerötet, und sie machte sich mit dem Eisen an der Tür zu schaffen, als könne sie nichts und niemand davon abhalten, ihren Auftrag zu erfüllen. Tom wollte ihr gerade Anweisung geben, wie man mit so einem Ding umzugehen hatte, da sprang die Holztür schon splitternd auf. Triumphierend sah Sonja ihn mit hochrotem Kopf an.

„Du weißt, was wir hier gerade machen?“ fragte Tom.

„Ich schätze, das ist Einbruch“, gab Sonja ungerührt zurück. Einwände waren zwecklos. Sonja war schon weiter. Das Jagdfieber hatte sie gepackt. Durch einen Vorraum kamen sie in ein Büro, das ebenso verlassen wirkte, wie alles andere.

„Hier ist seit ewigen Zeiten niemand mehr gewesen.“

„Sieht so aus“, sagte Tom und sah sich um.

Durch die defekten Rolläden fiel milchiges Licht auf Schreibtische, Aktenschränke und Papierkörbe. Sonja zog Schreibtischschubladen auf und durchwühlte den Inhalt. Vordrucke, Formulare, Briefumschläge und Listen. Nichts was irgendeinen Hinweis hätte enthalten können.

Plötzlich hörte Tom ein Geräusch. Er trat an das Fenster, das auf den vorderen Teil des Betriebshofes ging und blinzelte durch einen Spalt der Rollade. Er sah nichts Beunruhigendes und wollte schon abdrehen, da entdeckte er den Wagen. Der 500er Mercedes paßte in diese Landschaft wie eine Prinzessin ins Pennerasyl an der Annostraße. Die breiten Reifen auf dem Kies der Zufahrt verursachten das Geräusch, das jetzt deutlich zu hören war. Der Mercedes kam vor dem Maschendrahttor zum Stehen, und die Fahrertür des Wagens wurde aufgestoßen. Den Mann im grauen Anzug kannte Tom.

„Los, wir müssen hier weg!"

„Was ist denn?"

„Komm jetzt!" zischte Tom. Sie liefen zurück zu der aufgebrochenen Durchgangstür.

„Und unsere Fingerabdrücke?"

„Zu spät", flüsterte Tom und schob Sonja hastig weiter. Durch den Geräteschuppen liefen sie nach draußen. Vorsichtig spähte Tom um die Ecke der Baracke zur Einfahrt. Der Chauffeur hatte das Tor aufgeschlossen und parkte den Wagen vor dem Büroeingang.

„Der Typ will in das Büro. Sobald er drin ist, müssen wir rüber zum Zaun und uns unten an der Böschung im Gestrüpp verstecken. Klar?" Sonja nickte. Der Chauffeur ging auf die Baracke zu. Tom umfaßte Sonjas Hand. Er wartete noch einige Sekunden, dann rannte er los und zog Sonja hinter sich her. Er hatte nicht gedacht, mit der Gipshand so gut laufen zu können. Der Spurt hätte auf jedem Sportfest Eindruck gemacht. Tom drückte Sonja in das Gebüsch der Böschung und hockte sich neben sie.

Sie beobachteten den Eingang zum Büro. Der Chauffeur trat aus der Tür und sah sich sichernd nach allen Seiten um. Er zögerte einen Moment, dann ging er zu dem Mercedes und öffnete die Kofferraumklappe. Als er wieder zum Vorschein kam, trug er einen grauen Karton in der Größe einer Apfelsinenkiste und ging zurück in die Baracke. Sekunden später erschien er wieder im Türrahmen. Er holte einen weiteren Karton aus dem Kofferraum und ging damit zielstrebig zur nächsten Baracke. Der Mann schien eine klare Vorstellung von seinem Auftrag zu haben. Bei der dritten Baracke wiederholte sich das Spiel. Dann schien alles erledigt.

Ohne eine überflüssige Bewegung ging der Chauffeur zurück zum Wagen. Bevor er einstieg, wischte er sich mit einem Tempotuch den Staub von den Schuhen. Mit einem leisen, satten Geräusch schloß sich die Tür, dann rollte der Wagen an. Für einen Augenblick verschwand er hinter den abgestellten LKWs, tauchte wieder auf, passierte das Tor und rollte dann langsam über die Kiespiste. Als er die asphaltierte Zufahrtsstraße erreicht hatte, leuchteten die roten Bremslichter auf, und die Limousine kam zum Stehen.

Der Chauffeur stieg wieder aus, sah auf die Uhr und holte einen breiten Stahlrechen aus dem Kofferraum. Er ging den ganzen Weg wieder zurück bis zu der Stelle, wo der Mercedes geparkt gewesen war, und begann, rückwärtsgehend mit dem Rechen sorgfältig alle Reifenspuren zu verwischen. Dabei gab er sich Mühe, daß auch der Rechen nicht allzu auffällige Spuren hinterließ.

Tom nickte anerkennend mit dem Kopf. Solche Leute hatten wirklich eine präzise und wahrscheinlich auch loyale Arbeitsauffassung. Auf den Mann war Verlaß. Der hatte nicht nur gedient, der diente noch immer. Und Tom hätte gern gewußt, welchem Herrn.

Sie ließen noch eine Minute verstreichen, nachdem der Mercedes endgültig verschwunden war.

„Du bleibst hier!" sagte er zu Sonja. Er kletterte die Böschung runter, stieg durch das Loch im Zaun und überquerte das Firmengelände. Die Tür zum Büro war nicht verschlossen. Er trat ein und sah den Karton sofort. Er stand neben einem Aktenschrank in einer Ecke.

Tom öffnete den Deckel und erstarrte. Was er sah, ähnelte verdammt dem, was in den einschlägigen Filmen eine Bombe war. Eine graue Plasikmasse, wie Fensterkitt in Folie eingeschweißt. In der Masse steckten zwei Elektroden, die durch dünne Drähte mit einem Metallkasten verbunden waren. Dessen Digitalziffern zeigten fünf Minuten und dreißig Sekunden. Einen Augenblick überlegte er, ob er an der Höllenmaschine manipulieren sollte. Besser die Finger davon lassen. Fünf Minuten und zwanzig Sekunden. Es war Zeit, sich dünne zu machen.

Er rannte aus dem Büro und rief von weitem:

„Los, wir müssen weg!“ Sonja blieb ungerührt stehen. Sie beobachtete amüsiert, wie Tom gipsarmschwenkend auf sie zulief. Endlich hatte er sie erreicht.

„Verdammt, es ist ernst. In den Kartons ist Sprengstoff. Wir haben noch vier Minuten Zeit.“ Das wirkte. Sie hasteten die Böschung hoch durch die wilden Brombeeren, die an ihren Hosenbeinen zerrten. Tom verlor das Gleichgewicht, aber Sonja erwischte ihn am Sakko und hielt ihn fest.

„Los weiter“, keuchte er, nach Atem ringend, „wir laufen zum Auto!“

Der Fiat stand etwa hundert Meter entfernt in einem Feldweg. Die letzten Meter bis zum Auto waren sie nur noch getrabt. Atmung und Nerven beruhigten sich etwas. Sie steckten sich eine Zigarette an und warteten. Die IMV war von hier aus nicht mehr ganz zu sehen, nur noch die Dächer der Baracken und der Aluminiumschornstein. Tom sah auf die Uhr.

Plötzlich ging der Schornstein wie eine Rakete hoch und kippte seitlich weg. Die Dächer wirbelten durch die Luft und meterhohe Stichflammen schossen in den Himmel. Dann rollte der dumpfe Knall der Detonation an.

„Jupp's Onkel muß ganz schön frisch sein, wenn er es sich leisten kann, seine Firma in die Luft zu sprengen. Oder ganz schön in der Klemme stecken“, fügte Sonja hinzu.

„Oder ganz schön in der Klemme stecken“, wiederholte Tom.

Kaum war die Detonation verklungen, hörte man schon die Sirenen der Feuerwehr.

„Die sind aber schnell da“, sagte Sonja fast begeistert.

„Zu schnell!“ antwortete Tom. „Da ist irgendwas faul, sonst wären die nie so schnell hier.“

„Wieso?“ fragte Sonja.

„Na, um jetzt schon hier anzurollen, muß jemand die Feuerwehr alarmiert haben, als das Ding noch gar nicht in die Luft geflogen war.“ Sonja sah den Feuerwehrwagen, die mit Sirene und Blaulicht zur IMV rasten, nachdenklich hinterher.

Abends trafen sie sich alle im Brauhaus Päffgen. Jupp hatte Siegfried angerufen, um sich mit einer Einladung zum Essen erkenntlich zu zeigen. Sie freuten sich darauf, den Abend zu vergammeln, denn vor morgen — dem Tag der Entscheidung — gab es nicht mehr viel zu tun. Die Ereignisse waren verwirrend genug.

Man durfte gespannt sein, wie sich dieser Knoten lösen würde. Jeder erzählte die Erlebnisse des Tages. Am meisten belustigte natürlich alle Siegfrieds Gastspiel als Türke im Straßenverkehrsamt.

Tom wunderte sich, daß Siegfried das alles brühwarm wiedergab. Er hatte ihn für so eitel gehalten, die Sache zu verschweigen. Tom hatte Siegfried eigentlich nie gut leiden können, weil der immer mit Sonja rumgeflirtet hatte — und Sonja mit ihm. Jetzt, wo sich die Sache sozusagen zu seinen Gunsten entschieden hatte, war ihm Siegfried sympathischer. Alles in allem kein übler Kerl.

Sie waren schon beim vierten Kölsch, als die Hämchen anrollten. Das Gespräch erstarb. Die warme Mahlzeit tat ihnen gut. In den letzten Tagen hatten sie sich hauptsächlich von Fritten und Hamburgern ernährt. Sonja warf sich nach dem halben Hämchen in den Stuhl zurück und stöhnte:

„Puuh! Ich kann schon nicht mehr! Die Dinger sind ein Fall für Obelix!" Tom bestellte eine Runde Kabänes und pausierte auch.

„Als die IMV heute nachmittag in die Luft flog, dachte ich im ersten Augenblick, der Schornstein startet durch auf die Umlaufbahn." Jupp kaute auf einem großen Stück Schwarte, das nicht kleinzukriegen war.

„Bin mal gespannt, was Theo morgen zum Thema IMV abläßt", sagte er mit vollem Mund.

„Egal, was er abläßt", sagte Tom, „gelogen ist es auf jeden Fall."

„Wenn die das Ding, wie du sagst, mit drei Sprengsätzen — sozusagen ganz offiziell — in die Luft fliegen lassen, dann zahlt dafür keine Versicherung der Welt auch nur einen Pfennig." Damit hatte Siegfried recht.

„Zumindest einen handfesten Versicherungsbetrug würde ich denen schon zutrauen."

„Warm abgerissen wird sowas wohl genannt." Sonja schien sich auszukennen.

„Das wäre ..." Siegfried unterbrach sich, „...das ist ganz schön dumm von deinem Onkel!" Jupp überlegte einen Augenblick.

„Wir sollten uns nicht Theos Kopf zerbrechen, das hat er schon immer besser gekonnt als andere. Dem ist es noch nie schlecht gegangen, obwohl alle immer wieder gesagt haben, daß das, was er macht, auf Dauer nicht gut gehen kann."

Der Zeitungsmann ging durchs Lokal. Jupp winkte und wartete, bis er bei ihm war.

„Stadt-Anzeiger und Express." Jupp gab ihm zwei Mark. „Stimmt so!" Der Zeitungsmann bedankte sich und war schon am Nebentisch. Jupp legte die Zeitung neben sich auf die Bank und aß weiter. Er warf einen Blick auf die Überschrift und realisierte langsam, was da stand. Ihm fiel die Gabel aus der Hand. Fassungslos las er die Überschrift vor: „Ökoterroristen sprengen Firma bei Niederkassel." Alle hörten auf zu essen. Tom fand als erster seine Sprache wieder:

„Mich laust der Affe! Der muß aber 'nen erstklassigen Maskenbildner haben, wenn das ein Ökoterrorist war." Jupp lachte.

„Und wir zerbrechen uns den Kopf. Ich sage euch eins. Die sind so abgewichst, da kommt keiner mit."

„Deshalb war die Feuerwehr auch so schnell da", sagte Tom.

„Die haben wahrscheinlich ein Bekennertelefonat abgelassen." Jupp lachte noch immer und schüttelte den Kopf. „Wenn die Geschichte nicht so traurig wäre, würde ich sagen: Hut ab! Die bringen das einfach. Sowas steht sonst nur in Büchern, aber die bringen das einfach so. Und soll ich euch was sagen? Das Tollste ist, die werden damit sogar durchkommen. Und ich schließe eine Wette ab, daß die auch noch einen Dreh finden, die Versicherung abzukassieren."

„Dein Onkel scheint ja ein richtiger Verbrecher zu sein. Das ist ja wie bei der Mafia", meinte Siegfried sagen zu müssen. Jupp war in einer seltsam euphorischen Stimmung. Das war seine Methode, sich vor der Verzweiflung zu retten.

„Was heißt hier denn Mafia, Verbrecher! Was glaubst du denn, wie die Geschäfte gemacht werden? Das ist doch nicht die Heilsarmee! Das Pferdegesicht und das Schwein, die machen das doch nicht, weil die nichts besseres zu tun haben. Die werden dafür bezahlt, Autos anzustecken und Finger zu brechen. Du schwärmst doch sonst immer von der harten Tour! Aber mein Onkel ist für dich ein Mafioso, ein Verbrecher!" Tom legte Jupp die Hand auf den Unterarm.

„Gib mal den Express rüber!" sagte er. Jupp legte die Zeitung mitten auf den Tisch. Das Foto zeigte die völlig niedergebrannte Firma und im Vordergrund die Feuerwehrleute, die noch Schwelbrände löschten.

„Da ist wirklich nichts mehr übrig geblieben", sagte Tom und sah das Foto genauer an, das der Fotograf etwa von der Stelle aus gemacht haben mußte, wo er mit Sonja die Böschung runtergeklettert war.

„Auch von dem Schornstein ist nichts mehr zu sehen, der ist wahrscheinlich geschmolzen."

„Wer diese Leute erpreßt, oder erpressen will, in dessen Haut möchte ich nicht stecken", sagte Sonja.

„Wir werden ja sehen, was passiert, wenn Lommer II kassiert", sagte Jupp, der immmer noch eine erregte Stimme hatte, die komisch überdreht klang.

Siegfried kehrte zu praktischen Überlegungen zurück und bestellte beim Köbes noch eine Runde Kabänes. Keiner protestierte, und sogar Sonja schien entschlossen, den Schnaps zu trinken. Der Abend ging kabänesmäßig zu Ende. Sie waren die letzten Gäste, als sie das Brauhaus verließen. An der frischen Luft wurde ihnen klar, wieviel Kabänes und Kölsch sie tatsächlich getrunken hatten. Auf Siegfrieds Vorschlag hin retteten sie sich an Willi's Wurststand, um mit sauren Gurken, Rollmöpsen und Mettwürstchen den Schaden in Grenzen zu halten.

XIX.

An diesem Morgen fuhr Jupp über die Dürener Straße nach Deckstein. Er hatte ein Stehfrühstück in der Merowinger Straße eingenommen und fühlte sich nach dem turbulenten Vorabend relativ fit. Der Kopf war klar, dank der Katermittel von Würstchen Willi. Nur der Magen hatte es übel genommen. Das bevorstehende Treffen mit Margret hatte in ihm erstaunlicherweise ein in dieser Form noch nicht gekanntes Lustgefühl ausgelöst, das ihn auf nicht unangenehme Weise seit dem Frühstück dominierte.

Der Gedanke kam ihm, daß das Leben um ein Vielfaches angenehmer sein konnte, wenn man sich nicht so in Quintessence und andere Korsagen einzwängte, sondern den Dingen einfach ihren Lauf ließ. Im Augenblick war er es zwar nicht, der den Dingen ihren Lauf ließ, aber er war mittendrin. Das Leben war einfach interessanter, wenn man sich zu seinen wirklichen Bedürfnissen bekannte. Es stand außer Frage, daß Sex mit Margret mehr Spaß machte als mit den Frauen, die er sonst kannte und die quintessencemäßig zu ihm paßten. Diese Gedanken gingen ihm durch den Kopf.

Wahrscheinlich war es so, daß Menschen unter Druck sich entweder völlig ergaben oder begannen, eine andere Form von Bewußtsein zu entwickeln.

Er bog von der Dürener in die Decksteiner Straße ein. Von da in die Bachemer und in die Einfahrt von Theos Haus. Margret erwartete ihn schon. Sie hatte sich nicht die Mühe gemacht, sich anzuziehen. Dafür hatte sie sich die Mühe gemacht, die Haushälterin mit Einkäufen und Erledigungen für den ganzen Vormittag einzudecken.

„Übrigens", sagte sie zur Begrüßung, „steck deine Krawatte lieber sofort ein, bevor du sie wieder hier liegen läßt."

„Ist Theo schon weg?" fragte Jupp.

„Nein", antwortete Margret lachend, „er hält uns oben das Bett warm."

Sie zog ihn an der Krawatte zu sich ran und ließ ihn einen Blick unter ihren gelben Morgenmantel werfen. Sie hatte mehr an, als er vermutet hatte. Margret zog sich seine Krawatte über die Schulter, drehte sich um und schleppte Jupp hinter sich her. Diesmal ging es nach oben. Es wurde sozusagen vor großem Haus gespielt. Jupp fand sich selbst verklemmt und ärgerte sich darüber, daß Margret ihn immer wieder aus der Fassung brachte. Wie er nur so blöde Fragen stellen konnte. Er umfaßte sie von hinten, während sie die Treppe hochgingen.

„Theo ist heute morgen um acht aus dem Haus gegangen. Er war ganz schön nervös. Schon früh hat er wie wild rumtelefoniert. Früher konnte ich immer mithören, aber seitdem wir die neue Anlage haben, geht das nicht mehr." Jupp hörte Margrets Ausführungen nur mit halbem Ohr. Tatsächlich beschäftigte ihn im Augenblick etwas anders. Margret merkte das. Oben am Ende der Treppe zog sie ihn zu sich ran, um ihn sanft rückwärts ins Schlafzimmer zu schieben.

Sie lagen auf dem Rücken und rauchten. Margret starrte an die Decke.

„Ich glaube, am Ende haben wir mehr gegen Theo in der Hand, als uns lieb ist", sagte sie, während sie dem Rauch der Zigarette in dem halbdunklen Zimmer nachsah.

„Wie meinst du das?" fragte Jupp, der ihr markantes Körperprofil studierte.

„Es könnte sein, daß, wenn andere soviel wissen wie ich, das Goldene Kalb geschlachtet wird." Sie schwieg einen Augenblick. „Ich wollte eigentlich nicht mehr als ein bißchen Sicherheit für den Fall einer Scheidung. Damit ich wenigstens soviel bekomme, wie mir zusteht. Vielleicht ein bißchen mehr."

„Und wieso sollte er dir das nicht geben?" fragte Jupp naiv und ärgerte sich wieder über seine Frage.

„Weil dein lieber Onkel Theo nichts, gar nichts, was er einmal besitzt, freiwillig wieder hergibt." sagte sie bitter. Der Sarkasmus in ihrer Stimme ließ Jupp erschrecken und für einen kurzen Augenblick in den Abgrund dieser Beziehung blicken. Margret drehte sich mit einem Ruck zur Seite und sah ihm voll ins Gesicht.

„Ich könnte dir Dinge erzählen, dagegen sind Dallas und Denver Kinderprogramm." Sie griff nach seinem Kopf, zog ihn zu sich ran und preßte ihre Lippen auf seine. Es war ein verzweifelter Kuß, der viel von einem Wiederbelebungsversuch hatte, einem Selbstwiederbelebungsversuch. Jupp erwiderte den Kuß nur kurz und versuchte dann, sich zu entziehen. Er drohte in einen Strudel zu geraten, der ihm über dem Kopf zusammenschlagen würde, das spürte er deutlich. Margret schien zu verstehen, was er spürte, und küßte ihn kurz auf die Stirn.

„Ich glaube, du mußt gehen", sagte sie. Ihre Stimme war wieder unter Kontrolle. Sie schwenkte ihre langen, schönen Beine aus dem Bett, drehte sich aber wieder um.

„Wenn wir uns nochmal sehen, dann nur, um miteinander zu schlafen, sonst nichts! Keine Informationen, nichts! Was das betrifft, muß jeder ab sofort seinen eigenen Weg gehen und seine Entscheidung treffen."

„Ich wollte mit dir aber doch noch über das, was gestern ..."

„Ich will nichts mehr hören", unterbrach sie ihn und verschwand im Bad.

Jupp bewunderte ihre Entschlossenheit. Was Theo bewog, diese Frau mit so einer Witzfigur wie Gisela und wahrscheinlich vielen anderen des gleichen Kalibers zu betrügen, war ihm ein Rätsel. Er entschloß sich, Margret wiederzusehen.

Margret kam aus dem Bad zurück und verabschiedete ihn. Es war Zeit. In zehn Minuten erwartete Theo ihn im Tennisclub. Margret blieb oben an der Treppe stehen. Als er ging, hob sie nur kurz die Hand. Er öffnete die Haustür. Sie sagten nichts. Er wußte, daß er sie wiedersehen wollte.

Tom lag wach im Bett und hatte eine Zigarette angesteckt. Neben ihm schlief Sonja. Er war nervös. Heute würde sich entscheiden, ob die Sache endgültig ausgestanden war. Hoffentlich klappte alles. Jetzt bereute er, Jupp wegen seines Onkels Vorhaltungen gemacht zu haben. Schließlich konnte sich keiner seine Familie aussuchen.

In Sonjas Körper kam Bewegung. Sie drehte sich um und verzog angeekelt das Gesicht.

„Ih! So eine Schweinerei! Morgens früh im Bett rauchen, das ist doch die Obersauerei." Sie verschwand unter der Bettdecke. Tom machte die Zigarette aus.

„Nun stell dich nicht so an. Wer hat denn gestern meine ganzen Zigaretten geraucht?" Sonjas Gesicht tauchte kurz unter der Decke auf.

„Im Bett rauchen und auch noch morgens, das ist die Sauerei schlechthin!" Tom versuchte, Sonja mit der rechten Hand unter der Decke zu erwischen. Aber Sonja sprang aus dem Bett und rannte ins Bad. Die Tür schlug hinter ihr zu. Für einen Augenblick ging die Tür nochmal auf. „Du bist ein altes Schwein, Tom!“ Dann hörte er, wie die Dusche aufgedreht wurde und Sonja fröhlich sang.

Die Nervösität klopfte in seinem Bauch, und er hoffte vergebens auf ein letztes Nickerchen. Er raffte sich auf. Es war besser, aufzustehen, als im Bett zu verschimmeln. Tom hantierte ziellos in der Küche. Frühstück würde dabei nicht rauskommen. Das verdammte Frühstück war heute sowieso scheißegal.

Sonja kam aus dem Bad und trocknete sich ab. Tom sah ihr zu, aber sie würdigte ihn keines Blickes. Schließlich streckte er ihr die Zunge raus. Das half auch nicht. Als sie angezogen war, teilte sie ihm mit, sie ginge schnell Brötchen holen.

„Ich hoffe, der Frühstückstisch ist gedeckt, wenn ich zurück bin.“ Bevor er etwas erwidern konnte, war sie schon durch die Wohnungstür und klapperte die Treppen runter.

Tom ging in der Küche auf und ab. Nicht mal aufs Frühstückmachen konnte er sich konzentrieren. Heute war es schlimm. Er holte seine halbgerauchte Zigarette, die neben dem Bett im Aschenbecher lag, und steckte sie wieder an. Der Stummel schmeckte ekelhaft und paßte zum Desensibilisierungsprogramm dieses Morgens. Ein Blick aus dem Küchenfenster. Draußen lief ein ähnliches Programm ab: grau verhangen mit wenig Aussicht auf Besserung. Er beugte sich über die Unzahl kleiner Blumen und Nippesgegenstände, die Sonja auf dem Fensterbrett drapiert hatte. Auf zwei im oberen Teil des Fensters eingezogenen Regalbrettern standen weitere Kletter- und Hängepflanzen. Senkrecht, waagerecht und seitlich pflanzte es sich in einem fort. Sogar aus der Gießkanne sproß schon ein Ableger. Auf die Idee mußte man erstmal kommen, das ganze Fenster mit dem Grünzeug zuzustellen.

Er beugte sich vor, bis er mit der Stirn an die Fensterscheibe stieß. Jetzt konnte er Sonja sehen, die unten aus dem Haus kam und an den Mülltonnen vorbei auf den Bürgersteig ging. Tom klopfte an die Scheibe, aber sie hörte ihn nicht. Er klopfte fester, ohne Erfolg.

Tom gab auf und wollte schon einen zweiten Anlauf Richtung Frühstück nehmen, da schob sich von links ein langsam fahrender beigefarbener Mercedes in sein Blickfeld. An dem Wagen war nichts Besonderes, nur fuhr er sehr langsam direkt am Bürgersteig entlang. Tom starrte gebannt auf den Wagen. Das Schiebedach war einen winzigen Spalt geöffnet, und er sah den Zigarettenrauch, der seitlich, vom Fahrtwind getrieben und vom Wind auf Kurs gehalten, abzog.

Tausend Gedanken stürmten auf ihn ein und hinterließen seinen Kopf leer. Bewegungsunfähig stand er da und spürte eine Gänsehaut über Beine und Arme nach oben steigen. Die Kehle war wie zugeschnürt. Sein Körper verkrampfte sich zu unkontrolliertem Zittern. Der Mercedes näherte sich Sonja, die ahnunglos die Straße runterging. Jetzt öffnete sich die hintere Tür einen Spalt. Toms Gehirn weigerte sich, Befehle an seine Hände, Arme oder... Es weigerte sich überhaupt. Er sollte nur dastehen und auf das starren, was passieren würde und was er nicht verhindern konnte.

Der Wagen war nur noch einige Meter von Sonja entfernt. Sie mußte sich umdrehen. Jetzt. Er riß den rechten Arm hoch, drehte den Fensterknauf und zerrte daran. Das Fenster öffnete sich nicht. Tom warf sein ganzes Gewicht nach hinten, aber die in die Fensterfüllung eingezogenen Regalbretter bewegten sich keinen Millimeter.

Der Mercedes war jetzt auf gleicher Höhe mit Sonja. Verzweifelt trommelte Tom mit der gesunden Hand gegen den Fensterrahmen. Es war ein Alptraum. Er konnte Sonja nicht erreichen. Nochmal erhöhte er Rhythmus und Schlagstärke seiner Faust. Seine Rechte verfehlte den Rahmen und durchschlug das Fensterglas. Durch den Rest der Scheibe sah er draußen seine blutende Hand wie einen Fremdkörper, der nicht zu ihm gehörte. Den Knall mußte Sonja gehört haben, denn während zwei große Hände sie ins Auto zogen, warf sie ihren Kopf nach oben. Ihre Augen waren weit geöffnet, und ein lautloser Schrei grub sich in ihr Gesicht.

Tom preßte seine Schläfe an den blutenden Arm und schrie durch das zersplitterte Glas ihren Namen. Erst jetzt schien sie ihn wirklich zu hören. Sie versuchte, ihren Augen eine neue Richtung zu geben, aber die Angst hielt sie starr. Sie versuchte, ihren Körper gerade zu halten, aber die Hände, die sie umklammerten, bogen sie in zwei Teile. Mit ihren Armen hatte sie sich gegen die Kraft gestemmt, die an ihr zerrte. Jetzt konnte sie nur noch verhindern, daß sie mit dem Kopf gegen die Wasserabflußrinne am Dach des Wagens schlug. Die letzte Bewegung war wie das Verschwinden des restlichen Wassers im Abfluß der Badewanne. Sonja wurde von dem Wagen aufgesogen, und die Tür schlug hinter ihr zu. Der Mercedes hing für einen Augenblick nach hinten und startete dann mit hoher Geschwindigkeit.

Tom starrte auf das Nummernschild. Er war sich sicher, die Zulassungsnummer erkannt zu haben. Sein Arm hatte sich seitlich in die Splitter eingegraben, als er nach draußen geschrien hatte. Vorsichtig zog er das Fleisch aus den Glasspitzen. Er spürte keinen Schmerz, sein Körper war wie betäubt. Nachdem er den Arm befreit hatte, steckte er den Zeigefinger in das Blut, das die Scheibe runterlief, und schrieb damit die Autonummer auf das Glas. K-PE 789.

Auf dem Weg zum Telefon wickelte er sich ein Handtuch um seinen blutenden Arm. Ewigkeiten vergingen, bis in der Rechtsanwaltskanzlei jemand ans Telefon ging. Hoffentlich war Christa nicht am Gericht. Tom betete. Er betete tatsächlich. Er war bereit, an alles zu appellieren, ohne Fragen zu stellen. Sein Gebet wurde erhört.

„Du hast aber Glück gehabt. Eine Minute später wäre ich weg gewesen."

„Ich bin nicht so sicher, ob ich Glück habe. Sonja ist gerade vor meinen Augen entführt worden." Christa schwieg einen Augenblick.

„Und wie ist das passiert?" Tom erzählte.

„Das gibt der ganzen Geschichte natürlich eine ernste Wendung."

„Bisher war es nicht gerade ein Sandkastenspiel."

„Aber es war auch nicht so, daß man um Leib und Leben fürchten mußte."

„Ich dachte eigentlich, meine Finger würden im weitesten Sinne zu meinem Leib gehören." Christa ging darauf nicht ein.

„Die Frage ist jetzt, wie man am besten vorgeht, um Sonja so wenig wie möglich zu gefährden."

„Gute Frage. Fragt sich nur, ob es darauf eine gute Antwort gibt."

„Du bist ja noch ganz schön cool."

„Wenn du wüßtest, wie es in mir aussieht, würdest du das nicht sagen. Es fehlt nur noch ein kleiner Kick, und ich raste total aus."

„Willst du denn die Polizei benachrichtigen?"

„Darüber habe ich noch nicht nachgedacht. Sag du mir, was zu tun ist."

„Ich kann dir nur Ratschläge geben. Die Entscheidung kann ich dir nicht abnehmen."

„Und wozu würdest du raten?"

„Wenn man davon ausgeht, daß sie von den gleichen Leuten entführt wurde, die euch das Manuskript abgejagt haben, dann ist es möglicherweise besser, abzuwarten."

„Das werden mit Sicherheit dieselben Leute sein. Es ist aber auch möglich, daß die Sonja entführt haben, weil sie wissen oder vermuten, daß Sonja gestern bei der IMV gesehen hat, was da abgelaufen ist."

„Moment mal! IMV? Das ist doch das Ding, was gestern hier in der Nähe von Köln gesprengt worden ist."

„Vielleicht hat der Chauffeur, der die Sprengsätze gezündet hat, auch Sonjas Auto gesehen, als er an dem Feldweg vorbeigekommen ist."

„Welcher Chauffeur?" Tom erzählte den Vorfall bei der IMV in Stichworten.

„Mein Gott, ihr könnt auch wirklich nirgendwo eure Nasen raushalten! Warum wartet ihr eigentlich nicht ab, bis Theo die Sache für euch klar macht?"

„Schon mal was von Zivilcourage gehört?" fragte Tom pampig.

„Schon mal was von Überforderung gehört?" gab Christa im gleichen Ton zurück.

„Christa", flehte Tom, „ so kommen wir nicht weiter! Ich muß was unternehmen, sonst dreh ich durch."

„Du kannst ja auch ihre Eltern benachrichtigen und dich mit ihnen beraten."

„Nein, das kann ich nicht. Auf keinen Fall!"

„Dann mußt du warten. Ich nehme an, daß sie Sonja wieder freilassen werden, sobald sie sicher sind, daß ihr euch aus der Sache raushalten werdet."

Es gefiel Tom überhaupt nicht, eine solche Entscheidung treffen zu müssen, von der im Extremfall Sonjas Leben abhing. Er mußte sich mit ganzer Kraft dazu zwingen, nicht panisch zu werden. Er versuchte, seine Nerven unter Kontrolle zu halten.

„Ich glaube, das Beste wird sein, wir warten ab."

„Wahrscheinlich", antwortete Christa. „Also dann ..." Als Tom merkte, daß sie das Gespräch beenden wollte, holte er erneut aus.

„Bist du sicher, daß das das Richtige ist?"

„Was das Richtige war, wird man erst wissen, wenn die Sache vorbei ist."

„Aber es ist doch richtig, wenn wir warten?"

„Tom, ich kann dir in der Sache keinen Freischein ausstellen! Die Verantwortung liegt bei dir. Von der Verantwortung kann ich dir nichts abnehmen. Ruf mich am Dienstag nochmal an, ob sich was ergeben hat. Bis dann." Christa legte auf. Tom sank neben dem Telefon auf die Erde. Der Telefonhörer baumelte neben ihm und tutete monoton.

„Scheiße, Scheiße, Scheiße!"

XX.

Vor dem Gelbweiß war ein Autokorso vorgefahren, der jedem Spielkasino zur Ehre gereicht hätte. Inmitten der Sportwagen und der bunten Zweitwagen der tennisspielenden Ehefrauen bildete das gute Dutzend Edellimousinen eine dominierende Insel. Zwischen den in Blau- und Grautönen gehaltenen Luxuswagen standen in lockeren Gruppen die Chauffeure. Obwohl sie sich einander so ähnlich waren wie die Fahrzeuge, sah Jupp den Chauffeur des K-HJ 787 sofort.

Jupp fuhr über den Parkplatz des Tennisclubs und versuchte dabei, das Nummernschild und den passenden Wagen zu dem Chauffeur zu entdecken. Den 500er Mercedes konnte er nicht finden. Entweder hatte er ihn übersehen, oder der Chauffeur fuhr heute einen anderen Wagen. Als er schließlich am Ende der Reihe neben einem Jaguar einparken wollte, machte ihm einer der Wagenlenker, der sich ohne Hast näherte, klar, daß die gesamte Reihe reserviert sei.

„Stört es sehr, wenn ich mit meinem Kleinwagen dazwischenstehe?" fragte Jupp und versuchte, seiner Stimme einen unbedarften Tonfall zu geben. Der Chauffeur zog eine seiner markanten Augenbrauen hoch. Das schien er von seinem Herrchen gelernt zu haben.

„Es geht nicht darum, ob Sie stören oder nicht, sondern es ist so, daß diese Plätze reserviert sind. Wobei es unerheblich ist, mit welchem Fahrzeug derjenige kommt, für den der Platz reserviert ist." Jupp gab auf. Diese Chauffeure schienen eine Kaste für sich zu sein. Ihm kam das arabische Sprichwort in den Sinn, das sagt, daß der Sklave nicht frei sein möchte, sondern selbst Sklaventreiber werden will. Obwohl ihm genaugenommen nicht nach philosophischen Überlegungen zumute war.

Auf dem Weg zum Club hatte er versucht, sich zu sammeln und den Dingen, die auf ihn zukamen, gefaßt ins Auge zu sehen. Doch immer wieder drifteten seine Gedanken ab und blieben bei Margret hängen. Die Situation war ernst, aber es fiel ihm schwer, sie angemessen ernst zu nehmen. Er ertappte sich bei dem Gedanken, daß er das Chaos irgendwie genoß.

An den Chauffeuren und Limousinen vorbei ging er auf den Eingang des Clubs zu. Er sah zu der Gruppe rüber, bei der auch Häuptling ondulierte Augenbraue stand, aber der schien ihn bereits vergessen zu haben. Er spürte nicht mal Jupps bösen Blick in seinem Rücken. Dem Mann war nicht mehr zu helfen.

Es war nur einige Tage her, daß er zuletzt diese Stufen genommen hatte, aber es schien Monate zurückzuliegen. Er sah an sich runter, während er die Stufen hochging. Der Bauchansatz war erheblich zurückgegangen. Margret und der Streß fielen ihm dazu ein. In der Halle kam er wieder an den Fotos und Pokalen vorbei. Er hatte das Gefühl, endlich erwachsen zu sein.

Gisela sah ihn durch die Glastür kommen und grüßte lächelnd, bevor er die Tür aufstieß. Der Clubraum war gut besucht, und Jupp sah auf Anhieb die bekannten Gesichter, die alle um einige Jahre gealtert waren. Manche grüßten ihn sofort, andere brauchten ein paar Sekunden, anderen fiel zu seinem Gesicht nichts ein, und sie wandten sich wieder ab.

„Ein Kölsch?" fragte Gisela, die ihn nicht ungeschoren an der Theke vorbeikommen lassen wollte. Jupp schüttelte nur den Kopf und steuerte quer durch den Clubraum auf den Saal zu, in den ihn Onkel Theo bestellt hatte. Er sah kurz auf die Uhr. Pünktlich.

Vor dem Eingang zu dem Saal stand ein ungesund aussehender Mann mit einem Vogelgesicht, der ihn musterte, dabei aber so tat, als interessiere er sich für die Architektur des Clubraumes. Kurz bevor Jupp ihn erreichte, stellte der Mann sich so zurecht, daß nur noch eine einzige Bewegung fehlte, um ihm den Durchgang zu versperren.

„Kein Eingang! Geschlossene Gesellschaft!"

„Ich weiß", erwiderte Jupp, „genau zu dieser geschlossenen Gesellschaft bin ich eingeladen." Der Satz machte auf den Mann weder den gewünschten noch überhaupt einen Eindruck. Er erkundigte sich nur kurz, von wem er eingeladen worden sei.

„Warten Sie hier! Kommen Sie nicht ohne Aufforderung herein." Er sah Jupp forschend an. Jupp machte ein Gesicht, als sei ihm alles klar. Darauf verschwand das Vogelgesicht hinter der offenen Tür. Für einen Augenblick drangen gedämpfte Stimmen durch die Tür, und Jupp versuchte, durch den Spalt in den Saal zu spähen. Der fruchtlose Versuch trug ihm einen strafenden Blick von Vogelgesicht ein, der nochmal zurücksah und dann die Tür hinter sich schloß. Einen Moment lang starrte Jupp auf die Holzmaserung, dann drehte er sich um. Gisela sah zu ihm rüber. Jupp hatte plötzlich den Eindruck, daß sie nicht die einzige war, die ihn beobachtete, aber vielleicht war es auch nur ein Gefühl. Jetzt sah er am Eingang den Chauffeur. Der Mann fixierte ihn. Jupp hätte sich lieber umgedreht, zwang sich aber, dem Blick des Mannes standzuhalten. Das Vogelgesicht tippte ihm auf die Schulter.

„Ihr Onkel läßt ausrichten, Sie möchten einen Augenblick an der Bar warten." Jupp wollte etwas antworten, aber das Vogelgesicht hatte sich schon wieder abgewandt. Er ging zur Bar. Gisela erwartete ihn schon und stellte ihm ein Kölsch auf den Tresen. Er verließ den Teil des Clubraums, den der Chauffeur von der Eingangstür aus einsehen konnte, und stellte sich an den hinteren Teil der Theke. Gisela lächelte ihm ermutigend zu. Irgendwie komisch, aber hier schien sich alles um ihn zu drehen. Er stürzte das Kölsch runter, und Gisela stellte sofort ein zweites hin. Der Alkohol stieg ihm in den Kopf und machte ihm bewußt, wie sehr ihn die ganze Sache physisch in Anspruch genommen hatte, wobei Margret den angenehmsten Teil der Inanspruchnahme darstellte. Gisela suchte seinen Blick und verdrehte die Augen. Es dauerte eine Zeit, bis er begriff.

Jupp sah sich um. Das Vogelgesicht winkte ihn ran.

„Gleich ist es soweit." Er öffnete die Tür einen Spalt, und eine Stimme war zu hören. Jupp sah den Oberkörper eines Redners, der jovial über irgendwas referierte, das die Zuhörer, soweit er sie sehen konnte, nicht sonderlich interessierte.

„Wenn der fertig ist, können Sie rein." Das Vogelgesicht sagte das so, als sei es der Meinung, Jupp am besten nirgendwo reinzulassen. Jetzt öffnete er die Tür etwas weiter und gab den Blick auf eine festlich gedeckte Tafel frei. Die Männer saßen mit verschlossenen Gesichtern vor ihren Tellern. Alle sahen den Redner an, keiner sah zur Tür. Jupp ordnete sein Sakko und zog die Krawatte straff. Ein hoffnungsloser Versuch. Gegen die Versammlung sah er aus wie ein Penner.

Onkel Theo gab ihm Zeichen, reinzukommen. Neben Theo war ein Stuhl frei, der offensichtlich nachträglich in die Sitzreihe eingerückt war. Niemand nahm Notiz von ihm. Jupp hatte sich darauf vorbereitet, seine Sache vorzutragen.

„Soll ich hier irgendwas sagen?" fragte er Theo leise. Der machte nur eine unwirsche Handbewegung. Jupp hielt sich geschlossen.

Einige unterhielten sich gedämpft, andere rauchten und sahen vor sich auf den Tisch. Jupp musterte die Mitglieder der ehrenwerten Gesellschaft in den dezenten Tuchanzügen einen nach dem anderen. Er war sicher, daß hier alle Drahtzieher in der Sache zusammensaßen. Nervös steckte er sich eine Zigarette an, aber das half nicht. Und so machte er sich an der Speisekarte zu schaffen und studierte das Menü.

Für dieses Mittagsmenü hatte sich eigens ein französischer Meisterkoch in den Club bemüht. Als Dessert war 'Dialog der Früchte' angekündigt, und dieser Gang schien noch auszustehen. Ein Kellner näherte sich lautlos und deckte für ihn ebenfalls.

Theos Aufmerksamkeit war ausschließlich auf die Männer am Kopfende des Tisches gerichtet, die sich leise unterhielten. Plötzlich wich die Anspannung aus seinem Gesicht. Die Männer hatten ihren internen Dialog beendet, und Theo atmete auf. Es schien alles klar zu sein. Er lehnte sich im Stuhl zurück und lächelte Jupp aufmunternd zu. Jupp versuchte, zurückzulächeln, aber ihm gelang nur eine Grimasse. Das Dessert wurde aufgetragen und unter dezenten Bekundungen höchster Zustimmung verspeist. Bevor der Kaffee serviert wurde, kam der Meister aus der Küche und fragte in gebrochenem Deutsch, ob alles zur Zufriedenheit gewesen sei. Dem Koch wurde in blumigem Französisch mit kölschem Klang von diesen knallharten Vertretern Kölner Kaufmannschaft beschieden, man sei auf das höchste entzückt. Fast hätte Jupp vergessen, weshalb er hierhergekommen war. Es schien hier einzig und allein um den 'Dialog der Früchte' zu gehen.

Nach Kaffee, Cognac und Davidoff-Zigarillos, von denen er auch eins nahm, verabschiedete man sich nach und nach, und die Herren verließen den Saal. Jupp versuchte insgeheim zu sondieren, wer in die Sache involviert sein könnte, aber die Gesichter der Männer verrieten nichts. Für die meisten war er einfach Luft, kaum einer sah ein zweites Mal zu ihm hin. Er blieb allein mit Theo zurück.

Theo steckte sich eine Davidoff an und blies genüßlich den Rauch aus.

„Es war nicht einfach", sagte er mit Nachdruck. „Nicht alle waren davon zu überzeugen, daß du eine kleine Anstrengung wert bist." Jupp wollte etwas sagen, aber er schluckte es runter. „Du mußt richtig verstehen, Junge. Wir sind keine Vereinigung zur Lösung von Problemen anderer Leute." Jupp hielt weiter den Mund.

„Einige waren nicht so sicher, ob unsere Interessen in diesem speziellen Bereich dadurch optimal vertreten werden, daß wir dir die Möglichkeit geben, Lommer II auszuzahlen."

„Dann steckt Lommer II hinter der ganzen Sache?" fragte Jupp hastig. Es klopfte an der Tür. Theo begann, vor sich auf dem Tisch Gläser und Teller zur Seite zu schieben.

„Herein!" Durch die Tür kam der Chauffeur mit den lockigen Augenbrauen. In der Hand trug er einen schwarzen Aktenkoffer. Er ging direkt auf Theo und Jupp zu. Theo zeigte vor sich auf den Tisch, und der Chauffeur legte den Koffer hin. Er blieb in militärischer Haltung stehen und wartete weitere Anweisungen ab. Theo sah ihn kurz an und gab ihm einen Wink mit den Augen. Ohne etwas zu sagen, trat er ab. Als die Tür ins Schloß gefallen war, öffnete Theo den Koffer. Obenauf lagen einige getippte Verträge und darunter gebündelte Geldnoten.

„Wenn du nicht in die Sache verwickelt wärest, hätte ich dafür gestimmt, mit Lommer II Schlitten zu fahren. Dann hätte er hiervon...", er klopfte auf die Geldscheine, „...keine Mark gesehen." Theo sah Jupp an.

„Verstehst du das ?" Jupp nickte. „Ich habe das für dich getan, und ich mußte mich gegen die Leute durchsetzen, die für Sentimentalitäten dieses Kalibers überhaupt nichts übrig haben."

„War es denn nun Lommer II, der das Ganze angezettelt hat?" insistierte Jupp.

„Wir gehen davon aus", sagte Theo. Sagte es, und die Antwort ließ keine weitere Frage zu. „Mach dir keine Gedanken mehr", befahl Theo. „Für dich und den Verlag ist die ganze Sache heute beendet. Ich hoffe, wir verstehen uns, was das betrifft, hundertprozentig!"

Jupp nickte; er hatte einen Kloß im Hals und hoffte, daß Theo nie hinter sein Verhältnis mit Margret kommen würde, denn er gewann den Eindruck, daß Theo nicht der leichtfüßige Windhund war, für den er ihn immer gehalten hatte, sondern ein eiskalter Geschäftsmann, der über Leichen ging. Nur zu gerne hätte Jupp ihn nach der IMV gefragt, aber er wagte es nicht, aus Angst, Theo könnte bemerken, daß sie geschnüffelt hatten.

Theo zog ein gutes halbes Dutzend Wechsel aus dem Koffer, die alle über einen Betrag von zehntausend D-Mark ausgestellt waren. Jupp begann zu zählen.

„Es sind sieben Stück", sagte Theo.

„Wieso soll ich für siebzigtausend Mark Wechsel unterschreiben?"

„Meine Geschäftsfreunde verlangen eine gewisse Sicherheit." Jupp zeigte auf den Koffer.

„Wieviel ist da drin?"

„Vierzigtausend."

„Vierzigtausend", wiederholte Jupp, „und warum muß ich überhaupt Wechsel unterschreiben? Und wieso über siebzigtausend Mark?" Zu seiner Überraschung sah Jupp, daß alle Wechsel bereits komplett ausgefüllt waren. Mit Kontonummer, Bankanschrift und seiner eigenen Anschrift.

„Ich sagte dir doch, meine Geschäftsfreunde möchten Sicherheiten."

„Sicherheiten wofür?" Theo sah ihn befremdet an.

„Die Sicherheiten fangen bei dir, bei deiner eigenen Person an. Du glaubst doch nicht, daß die sich deiner Loyalität mit Handschlag versichern."

„Ich möchte wissen, wofür man Sicherheiten von mir braucht!" Theo setzte sich im Stuhl zurecht.

„Wir möchten die Garantie, daß du dafür sorgst, daß das Manuskript in keiner Form mehr veröffentlicht wird. Das dürfte dir doch wohl klar sein!"

„Ja, aber ich kann das doch nur für mich, für meinen Verlag verbindlich zusagen."

„Unter diesen Umständen können wir das Geld für Lommer II nicht aushändigen." Jupp griff sich eine Davidoff aus einem der Päckchen und steckte die Schachtel ein. Wahrscheinlich eine der wenigen Sachen, die hier umsonst zu haben waren, falls nicht schon ein vorbereiteter Wechsel dafür in dem Lederkoffer lag.

„Also, ich muß euch versichern, daß das Manuskript zum Beispiel nicht weiter von der Köln-Revue abgedruckt wird?"

„Zum Beispiel", sagte Theo. „Weder von der Köln-Revue, noch von irgendwelchen anderen Verlagen oder weiß der Teufel, von wem. Du wirst dabei von uns unterstützt." Theo wurde lauter. „Wir wollen von dem Manuskript nichts mehr hören und sehen, und dafür stehst du gerade!" Jupp zog an der Davidoff, aber sie schmeckte nicht mehr so richtig. Sein Onkel war dabei, ihn ans Scheunentor zu nageln, und er sah keine Möglichkeit, sich dagegen zu wehren. Er fächerte die Wechsel vor sich auf. Einen Augenblick lang überlegte er noch, dann griff er in die Innentasche seines Sakkos und zog einen Kuli raus. Sobald er einen Wechsel unterschrieben hatte, nahm Theo ihn weg. Nach dem siebenten legte er ihm noch eine Empfangsbestätigung über siebzigtausend Mark vor.

„Als letztes unterschreibe ich dann mein Todesurteil, oder?"

„Manchmal muß man im Leben Dinge tun, die einem nicht gefallen." Theo holte Luft, und Jupp war auf den zweiten Teil des Satzes gespannt. „Aber wenn man sich ehrlich Rechenschaft ablegt, stellt man fest, daß man sich sowas meistens selbst zuzuschreiben hat. Was ich damit sagen will: Nicht ich bin zu dir gekommen, sondern du zu mir. Und du darfst mir glauben, daß ohne meine Intervention die Sache für euch nicht so glimpflich abgegangen wäre."

„Ach! Das, was mit uns geschehen ist", Jupp machte eine umfassende Bewegung, „nennst du glimpflich abgehen?"

„Mit Sicherheit!" sagte Theo voller Überzeugung. „Sonst wärst du in das Räderwerk geraten, wie Lommer II, der sich im übrigen nur eine kleine Schonfrist mit dem Geld versüßen darf." Jupp unterschrieb auch die beiden anderen Schriftstücke, ohne sie durchzulesen. Es war nicht der Moment für große Diskussionen. Theo schob den Lederkoffer zu ihm rüber und legte einen Umschlag obenauf.

„Hier sind zwei Schriftstücke drin, die muß Lommer II unterschreiben, bevor du ihm das Geld gibst." Jupp öffnete den Umschlag und überflog die beiden Schriftstücke. In dem einen verzichtete Lommer II auf alle Ansprüche gegenüber dem Verlag. In dem anderen verpflichtete er sich, das Manuskript zu vernichten, keine Kopien zurückzubehalten und niemanden von dem Inhalt in Kenntnis zu setzen. Jupp schob die zwei Schreibmaschinenseiten mit den Durchschlägen zurück in den Umschlag. Er öffnete nochmal den Koffer und begann, das Geld zu zählen. Theo drückte den Deckel des Koffers runter, und Jupp zog schnell seine Hand raus.

„Das sind vierzigtausend! Du brauchst nicht nachzuzählen", sagte Theo mit Nachdruck. Jupp verriegelte die beiden Schlösser, nahm den Koffer und stand auf.

„Bring mir bitte spätestens morgen die beiden Durchschläge, von Lommer II unterschrieben, vorbei." Jupp verabschiedete sich mit gemischten Gefühlen. Er hatte nicht den Eindruck, als seien seine Probleme heute gelöst worden. Genaugenommen waren welche hinzugekommen. Er ging zur Tür, und Theo blieb sitzen.

Der Clubraum hatte sich weitgehend geleert, der Mittagsandrang war vorbei. Jupp ging auf den Ausgang zu, und Gisela sah ihn an.

„Da sind noch zwei Kölsch von eben offen!“ Er zeigte mit dem Daumen über die Schulter.

„Schreib die bei Theo mit drauf und gib mir mal das Telefon. Er ging zum Tresen, legte den Koffer vor sich auf einen Barhocker und wählte den Verlag an. Dort meldete sich niemand und er wählte Sonjas Nummer. Es hatte kaum geklingelt, als Tom schon den Hörer nahm.

„Jupp? Sie haben Sonja entführt!“ Jupp sagte einen Augenblick lang nichts, sondern wunderte sich nur, wie wenig ihn das überraschte.

„Wir müssen erst mal das Geld zu Lommer II bringen. Ich nehme an, daß die Sonja dann wieder freilassen.“

„Es muß was unternommen werden! Wir müssen Sonja helfen!“

„Wir helfen Sonja am meisten, wenn wir die Sache mit Lommer II zu Ende bringen. Glaub mir, Tom!“ Einen Moment lang antwortete Tom nicht.

„Du mußt allein zu dem Rechtsverdreherarsch gehen! Ich kann nicht!“

„Du mußt mitkommen, ich brauche dich. Ich brauche einen Zeugen!“

„Ich kann nicht! Ich habe mir den ganzen Arm aufgeschnitten!“

„Ich brauche dich als Zeugen, egal ob du dir den Arm aufgeschnitten hast oder nicht“, sagte Jupp beschwörend.

„Sonja braucht uns auch. Wer weiß, was diese Schweine mit ihr machen!“

„Tom! Die lassen Sonja frei, sobald die Sache mit Lommer über die Bühne ist!“ Jupp mußte etwas leiser sprechen, da einige Gäste an der Theke lange Ohren bekamen. Gisela geierte auch schon wieder rüber.

„Hör mir einen Augenblick zu! Ich habe das, worauf wir solange gewartet haben. Ich muß es umgehend dem Rechtsanwalt bringen, damit das mit Sonja wieder klarkommt! Verstehst du?“

„Woher willst du das wissen?“

„Ich weiß es nicht, aber ich bin mir ziemlich sicher!“

„Ich bin mir ganz sicher, daß es Sonja dreckig geht!“ Mit Tom war im Augenblick nicht zu reden. Er stand unter Schock. Jupp staunte über sein eigenes dickes Fell.

„Paß auf Tom, ich hol dich gleich ab! Ich hupe dreimal und dann kommst du runter! Klar?“

„Ja, klar.“ Jupp legte auf.

„Das Telefon kannst du auch bei Theo aufschreiben“, sagte Jupp und wandte sich zur Tür. Kurz vor der Tür hielt er inne und ging nochmal quer durch den Clubraum zurück in den Saal. Theo saß noch immer da und sah den Rauchwölkchen der Davidoff nach.

„Meine Sekretärin ist heute morgen entführt worden; fällt dir dazu irgendwas ein?“

„Ich habe dir doch gesagt, daß nicht alle meine Geschäftsfreunde so viel Vertrauen zu dir haben wie ich! Darauf habe ich keinen Einfluß mehr!“ Jupp verstand und ging.

Die dunklen Limousinen auf dem Parkplatz vor dem Club waren verschwunden. Man konnte sich nur schwer vorstellen, daß sie überhaupt mal dagewesen waren. Jupp verstaute den Koffer hinter dem Fahrersitz, stieg ein und fuhr vom Parkplatz. Er schwor sich, den Club nie mehr zu betreten.

XXI.

Tom stand vor der Haustür und sah reichlich zerzaust und verwirrt aus. Er sah Jupp schon von weitem kommen. Mit zusammengekniffenen Augen zog er ungeschickt an seiner Zigarette. Seine beiden Arme bewegte er wie in Zeitlupe. Auf dem Gips waren Blutflecken. Die rechte Hand und der Unterarm waren notdürftig bandagiert. Jupp stieß die Beifahrertür auf.

„Komm, Tom, gib Gas!" Tom ließ den letzten Rest seiner Zigarette fallen und stieg ein.

„Ich hoffe, du weißt genau, was wir jetzt tun!" sagte Tom mit einem Unterton, der Jupp nicht gefiel.

„Ich bin mir sehr sicher, daß wir das Richtige tun, aber eine Garantie kann ich dir nicht geben!" Tom sah ihn verstört an. „Im übrigen ist es das Einzige, was wir überhaupt tun können. Es ist die einzige Chance, Sonja freizubekommen. Oder willst du denen mit 'nem Gewehr hinterherlaufen?"

„Verstehst du denn überhaupt nicht? Wenn ich mir vorstelle, was so ein Typ wie das Schwein mit Sonja macht, dann klinke ich aus." Sie standen an der Ampel Luxemburger Straße Ecke Weißhaus Straße auf der rechten Abbiegespur stadteinwärts.

„Mach dich nicht verrückt. Wenn alles klar geht, ist Sonja heute Abend wieder frei."

„Aber warum haben die das gemacht? Warum?" Tom versuchte eine Zigarette aus seiner Packung zu fummeln, aber er war so nervös, daß ihm das mit seinen lädierten Fingern nicht gelang. Jupp nahm ihm die Packung weg, zog eine raus, zündete sie an und steckte sie Tom zwischen die Lippen.

„Warum? Ist doch klar, die Herren wollen auf Nummer Sicher gehen. Alles soll so laufen, wie sie es sich vorstellen."

„Aber Entführung, Jupp, das ist doch eine ganz harte Sache!"

„Für die ist eine Sache so gut wie die andere, wenn sie nur ihr Ziel erreichen. Entführung oder Fingerbrechen, die haben für alles ihre Leute. Die haben sogar Leute dafür, kleinen korrupten Anwälten Geld zu bringen." Tom rauchte, ohne die Zigarette aus dem Mund zu nehmen. Seine beiden Arme lagen wie abgestorben im Schoß. Am Neumarkt war ein kurzer Stau. Die Zufahrt zur Nord-Süd-Fahrt war nur einspurig befahrbar. Jupp sah auf die Uhr.

„Hoffentlich ist das alte Arschloch in seinem Büro!" fluchte er vor sich hin. Tom schien nichts mehr zu registrieren, was um ihn herum vorging. Endlich lenkte Jupp den Alfasud vor dem WDR rechts und dann sofort wieder links in die Burgmauer ein. Vor dem Haus war kein Parkplatz frei, und Jupp parkte einfach auf dem Bürgersteig. Er stieß Tom an.

„Los, wir sind da!" Während Jupp den Koffer hinter dem Fahrersitz vorzog, stieg Tom umständlich aus. Er schien wie in Trance. Die Haustür war offen.

„Fahr du mit dem Aufzug. Ich nehme die Treppe, damit der Kerl uns nicht noch auf den letzten Metern durch die Lappen geht." Sie trafen sich oben auf dem Treppenabsatz. Die Tür zur Kanzlei war nur angelehnt.

„Nein, Herr Rechtsanwalt Lommer kommt heute nicht mehr ins Büro. Nein, erst am Montag können sie ihn wieder erreichen." Jupp erkannte die Stimme sofort. Anscheinend waren sie zu spät. Tom machte eine hilflose Geste.

„Wenn Sonja das ganze Wochenende verschwunden bleibt, dreh ich durch!"

Die graue Sekretärin, die in ihrem Glaskasten telefonierte, drehte sich um und musterte die beiden. Sie schien etwas aus dem Konzept, was wohl nichts mit ihnen zu tun hatte. Sie machte eine Handbewegung, die sie zum Warten aufforderte. Dabei sah sie mißtrauisch auf Toms Hand.

„... gut, versuchen sie es Montag nochmal, ich richte es gerne aus. Auf wiederhören." Sie kam aus ihrem Glaskäfig.

„Sind sie mit Herrn Lommer verabredet?" Jupp nickte.

„Sind wir." Sie schöpften wieder Hoffnung. Die Sekretärin ging zurück in ihr Büro und drückte die Taste der Gegensprechanlage, die immer noch den gleichen unangenehmen Ton von sich gab.

„Herr Reib und Herr Schmitt für sie." Es dauerte einen Augenblick.

„Können reinkommen", schepperte es dann zurück. Die alte Graugans deutete auf die Tür zu Lommers Büro, ohne Anstalten zu machen, sie zu begleiten. Jupp ging vor, Tom folgte wie ein Schlafwandler hinterher. Ohne anzuklopfen, trat Jupp ein.

Lommer II stand hinter seinem Schreibtisch und packte hektisch alle möglichen Schriftstücke in einen großen Aktenkoffer. Sein Kopf war hochrot, und er schien zunächst nicht zu bemerken, daß sie eingetreten waren. Plötzlich und unvermittelt richtete er, ohne aufzusehen, das Wort an sie.

„Ich muß zugeben, ich habe sie unterschätzt!“ Er sah kurz hoch und musterte sie, dann machte er sich wieder in seinem Hängeregister zu schaffen.

„Was wollen sie?“

„Wir bringen das Geld.“

„Ich weiß, daß sie hier sind, um sich von mir die Unterschriften zu holen, und ich bitte Sie, sich nicht auch noch über mich lustig zu machen.“ Jupp sah Tom verständnislos an, aber mit dem war heute überhaupt nichts anzufangen. Jupp war sich nicht sicher, ob er Lommer richtig verstanden hatte. Er holte einfach die vorgeschriebenen Quittungen und legte sie Lommer II hin. Es war ihm ein Vergnügen. Der Mann war offensichtlich am Ende seiner Schlaubergerei. Lommer nahm die Papiere mit zittrigen Händen in Augenschein.

„Muß ich die Quittung über die vierzigtausend auch unterschreiben?“

„Ja, ohne das geht es nicht.“

„Aber ich will das Geld nicht mehr!“ Es klang wie ein Aufschrei. Leise sagte er: „Ich will überhaupt kein Geld mehr.“

„Tut mir leid, aber ich fürchte, ohne die Unterschriften kann ich nicht zurückkommen.“ Lommer II durchfuhr ein Zittern. Er ließ sich rückwärts in seinen Schreibtischsessel sinken und stöhnte auf. Tom sah Jupp an, als hätte der einen Superman-Umhang an. Er verstand nichts mehr. Lommer II hatte seinen Füller aufgeschraubt und unterschrieb ein Schriftstück nach dem anderen. Völlig erschöpft schob er sie zu Jupp rüber. Der sah die Papiere durch. Alle waren unterschrieben.

„Ich lege ihnen von jedem eine Kopie hin.“ Lommer II machte eine schwache Handbewegung und warf ihm einen bösen Blick zu.

„Und wozu soll das gut sein?“ fragte er mit der Stimme eines Mannes, der resigniert hatte. Jupp griff den Koffer mit dem Geld und ging langsam zur Tür. Das ganze kam ihm wie ein Traum vor. Er stieß Tom an und sie verschwanden aus dem Büro, ohne daß sich Lommer II noch einmal nach ihnen umgedreht hätte. Der Hausdrachen im Glaskasten schien ebenfalls mit den Gedanken woanders. Zumindest war es ihr egal, ob sie gingen oder blieben. Sie hatte andere Probleme.

„Hier stimmt doch irgendwas nicht," sagte Tom, als sie draußen im Treppenhaus standen. „Der wollte das Geld ja gar nicht."

„Der hatte seine Gründe, warum er es nicht mehr wollte." Tom blieb stehen.

„Komm! Laß uns erst mal hier verschwinden!" Jupp traute dem Frieden nicht. Sie nahmen die Treppe, obwohl Tom nur langsam vorankam.

„Wenn ich das richtig verstanden habe, gehört das Geld jetzt uns? Oder?" rief Tom Jupp zu, der schon eine Treppe tiefer war.

„Halt die Klappe!" Jupp war unwirsch. „Das muß ja nicht gleich das ganze Haus wissen." Der Gedanke an das Geld schien Toms Lebensgeister wieder erweckt zu haben, denn trotz seiner kaputten Arme holte er auf, und sie platzten fast gleichzeitig durch die Haustür auf die Straße.

Eine Politesse schrieb gerade den Alfasud auf, und Tom wollte protestieren. Jupp hielt ihn zurück.

„Lohnt sich nicht, an die Spinatwachteln eine Silbe zu verschwenden." Der Wagen war auf, und sie setzten sich rein. Jupp fuhr los, bevor die städtische Bordsteinschwalbe die Knolle unter den Scheibenwischer klemmen konnte. Am Taxistand war Stau. Jupp beobachtete im Rückspiegel die Politesse, die ihnen böse Blicke zuwarf.

„Dreh dich mal um!" sagte Jupp, der gesehen hatte, wie Lommer II im Laufschritt aus dem Haus kam, über die Straße lief und in einen Audi stieg.

„Der hat es aber verdammt eilig!"

„Würde mich mal interessieren, wo der so schnell hin will", sagte Tom, in dem der alte Kampfgeist wiedererwachte. Der kleine Stau hatte sich aufgelöst. Jupp fuhr um die Ecke Burgmauer und hielt vor der Einfahrt zur Tiefgarage unter dem Dom sofort wieder an.

„Ich würde sagen, wir fahren dem Rechtsverdreher mal hinterher."

„Ganz meine Meinung." antwortete Tom, und um seine Entschlossenheit zu dokumentieren, steckte er sich sofort eine Zigarette an. Jupp sah in den Außenspiegel und fummelte eine Davidoff aus der Sakkotasche. Als er den Zigarillo ansteckte, schnupperte Tom den Rauch.

„Ist auch kein Zehnpfennig-Zigarillo."

Der Audi kam um die Ecke. Jupp hängte sich dahinter. Lommer II fuhr zur Rheinuferstraße Richtung Mülheimer Brücke. Er gab kräftig Gas. Auf der Rheinuferstraße stand der Audi fast an jeder Ampel, da er immer mit Vollgas losfuhr und deshalb nie die Grüne Welle bekam. Viktor Lommer schien ganz schön daneben zu hängen. Kurz vor der Zoobrücke ordnete er sich links ein und nahm die Auffahrt auf die Stadtautobahn.

„Wo will der denn hin?" fragte Tom, als sie ihm über die Brücke folgten.

„Keine Ahnung. Wir werden ja sehen."

„Willst du dem bis ins Bergische hinterherfahren?"

„Warum nicht! Irgendwas ist doch faul mit dem Typen. Vielleicht bringt der uns zur Lösung der ganzen Geschichte." Lommer II fuhr so unkonzentriert, daß er bei einem Überholmanöver fast einen anderen Wagen gerammt hätte.

„Der hat echt nicht mehr alle auf der Reihe!" stellte Tom fest.

„Dem sitzt irgendwas im Nacken. Ich glaube, dem sind einige Leute mächtig auf die Füße gestiegen. Wenn du mich fragst, stecken da dieselben hinter, die Sonja entführt haben." Das hätte er nicht sagen sollen. Tom sank sofort wieder in sich zusammen, als er Sonjas Namen hörte.

Jupp hatte Mühe, mit dem Audi mitzuhalten. Noch hatte er Glück, daß die Überholspur zeitweise blockiert war, sonst hätte er Lommer II längst verloren.

„Wenn der noch weiter Autobahn fährt, bin ich ihn bald los." Tom hing wieder dumpf seinen Gedanken nach. Kurz vor Overath war die Autobahn dann fast frei, und der Audi entfernte sich immer weiter. Bei Tacho 160 war bei dem Alfa einfach Ende, da kam nichts mehr. An der nächsten Steigung verschwand der Audi dann aus dem Blickfeld.

„Ich glaube, das ist sinnlos, da können wir genauso gut nach Hause fahren." Jupp überholte gerade einen der wenigen Wagen, die hier noch fuhren, als er im Rückspiegel massiv angeblinkt wurde.

„Idiot, verdammter, bin ja schon weg!" fluchte Jupp. Tom sah zur Seite, und ein beigefarbener Mercedes rauschte an ihnen vorbei.

„K-PE 789! Das ist er! Das ist der Wagen!" schrie Tom und gestikulierte wild mit seiner Gipshand.

„Was für ein Wagen?" fragte Jupp verdutzt.

„Na der, mit dem Sonja entführt worden ist!" Jupp trat das Gaspedal bis zum Anschlag durch.

„Wenig Hoffnung, die sind beide zu schnell für deine Klapperkiste."

„Wir müssen dranbleiben! Und wenn nur auf die geringe Chance hin, daß wir sie beim Tanken oder am Rasthof erwischen."

„Aber die können doch genausogut bei irgendeiner Ausfahrt von der Autobahn abfahren." Tom war nicht zu bremsen.

„Wir müssen jede Chance wahrnehmen, auch wenn sie noch so gering ist!" Jupp fuhr Bleifuß, aber von den beiden Wagen bekamen sie kein Rücklicht mehr zu sehen.

Nach einer Viertelstunde Vollgas pfiff der Alfa auf allen Ventilen.

„Wenn das so weiter geht, kannst du dir 'nen neuen Motor kaufen", sagte Jupp und sah in diesem Augenblick den Stau. Er bremste ab und kam einen halben Meter hinter dem letzten Fahrzeug zum Stehen.

„Verdammt, jetzt sind sie uns durch die Lappen gegangen", fluchte Tom.

„Vielleicht stehen die genau wie wir in der Schlange", sagte Jupp, öffnete die Tür und stieg auf den rostigen Kotflügel des Alfas. „Da vorne ist ein Unfall! Mensch! Das ist der Audi von Lommer, und wenn mich nicht alles täuscht, steht da auch der beige Mercedes." Von hinten näherten sich die Sirenen der Polizei und des Notarztwagens. Jupp mußte wieder einsteigen, um den Einsatzfahrzeugen Platz zu machen. Er lenkte den Wagen auf die Standspur.

„Laß die Kiste hier stehen, wir sehen uns das mal an!" Tom war nicht mehr zu halten. Er sprang aus dem Wagen. Jupp hinterher. Die Unfallstelle war einige hundert Meter entfernt. Der Audi sah nicht so aus, als hätte ihn noch jemand lebend verlassen können. Der beige Mercedes stand hinter der Unfallstelle. Es sah so aus, als sei der Audi gegen den Pfeiler einer Fußgängerbrücke gefahren und dann wieder auf die Fahrbahn geschleudert. Jetzt lag das Autowrack auf der weißen Linie, die hier die beiden Spuren trennte.

Außer Atem näherten sich die beiden im Laufschritt der Unfallstelle. Der Notarzt und ein Helfer zogen einen leblosen Körper aus den Trümmern. Schaulustige waren aus ihren Autos gestiegen und beobachteten die Szene. Tom traute seinen Augen nicht. Im Laufen sprang das Bild immer wieder auf und ab. Einen Augenblick blieb Tom stehen, dann hatte er Gewißheit.

„Das ist das Schwein!" schrie er, und Jupp blieb auch stehen. Einige Fahrer, die das Fenster runtergekurbelt hatten, sahen befremdet zu ihnen rüber.

„Tatsächlich, das ist das Schwein!" Jupp hatte ihn auch erkannt. Sie liefen weiter und sahen, wie das Schwein sich durch das Beifahrerfenster in das Auto beugte und einen Aktenkoffer rauszog. Niemand schien ihn zu beobachten. Alle sahen dem Norarzt zu, wie er den leblosen Körper noch einmal kurz in Augenschein nahm, bevor der Assistent das weiße Tuch über die Leiche zog. Das Schwein entfernte sich mit schneller werdenen Schritten von der Unfallstelle und lief auf den Mercedes zu. An dem Mercedes gingen die Rückscheinwerfer an, und der Wagen fuhr dem Schwein entgegen.

„Warum unternimmt denn da keiner was?" fragte Tom sich und alle anderen, die bereit waren, ihm zuzuhören.

„Weil es keiner gesehen hat, Tom! Und wir können nichts unternehmen, weil wir zu weit weg sind!" Jupp schaltete zurück in eine ruhigere Gangart. Sein Atem ging rasselnd. Tom konnte kaum noch sprechen vor Atemnot.

„Verdammte Raucherei!" Stieß er mit den letzten Silben aus, bevor er einen Hustenanfall bekam. Der Mercedes startete durch, nachdem das Schwein auf der Beifahrerseite eingestiegen war.

„Alles umsonst! Verdammt!" fluchte Tom. Resigniert blieben sie stehen und starrten dem Mercedes hinterher. „Sollen wir das nicht der Polizei hier melden?"

„Wenn das die Entführer von Sonja sind, Pferdegesicht und Schwein, und wir denen die Polizei auf den Hals hetzen, dann gefährden wir nur Sonja!"

„Also, was sollen wir machen?"

„Wir fahren zurück in den Verlag. Was bleibt uns sonst übrig."

XXII.

Ihre Stimmung war nicht die beste, als sie in der Brüsseler Straße ankamen.

„In dem Koffer, den das Schwein aus dem Audi gefischt hat, war wahrscheinlich des Rätsels Lösung", sinnierte Jupp.

„Da hatte der alte Fuchs wahrscheinlich einiges drin, was auch die Polizei interessiert hätte."

„Es hat keinen Zweck, sich darüber den Kopf zu zerbrechen, Tom. Wir müssen sehen, wie es weiter geht." Vor dem Verlag war ein Parkplatz frei.

Jupp drückte den Koffer fest an sich, als er vor Tom die Stufen hochging. Mißtrauisch sah er sich um, ob sie nicht beobachtet wurden. Die Haustür war auf, und die alte Lempe kam ihnen entgegen. Sie hielt triumphierend eine Kippe hoch.

„Raten Sie mal, von wem die ist?" fragte sie herausfordernd. Jupp brauchte nicht lange, um zu erkennen, daß es ein völlig runtergerauchter Stummel von Tom war.

„Das ist doch die Marke, die sie selbst rauchen, Frau Lempe!" Die Alte war sprachlos. Das war ihm noch nie gelungen. Er nutzte die kurze Sendepause der Lempe, um die Tür zum Verlag aufzuschließen. Tom stand hinter ihm. Im Flur kam ihnen Sonja entgegen. Jupp ließ den Koffer fallen. Tom stürmte an ihm vorbei und warf beide Arme um Sonja. Jupp warf die Tür hinter sich zu, bevor die alte Lempe ihren Senf noch dazugeben konnte. Für eine Minute oder länger standen sie sprachlos im Flur. Sonja deshalb, weil Tom sie so fest an sich drückte, daß sie keinen Ton mehr rausbekam.

„Seit wann bist du wieder hier?" durchbrach Tom das Schweigen und küßte sie, während er auf die Antwort wartete.

„Schätzungsweise 'ne halbe Stunde." antwortete sie in den Kuß hinein.

„Und was ist dir passiert?" fragte Tom ängstlich.

„Keiner hat mich angerührt, wenn du das meinst." Tom nickte.

„Ja, das meine ich."

Sie gingen ins Büro. Jupp zog sich mit dem Koffer an seinen Schreibtisch zurück, öffnete ihn und durchwühlte den Inhalt. Sonja betastete Toms Arm.

„Das hab ich noch gesehen, wie dein Arm durch die Scheibe kam.“ Tom küßte sie zärtlich auf die Stirn.

„Ich kann dir gar nicht sagen, wie glücklich ich bin, daß du wieder da bist.“ Sonja lächelte.

„Und wie ist es bei euch gelaufen?“ Erst jetzt sah sie die gebündelten Geldscheine auf Jupps Schreibtisch. Jupp hielt die von Lommer II unterschriebenen Papiere hoch.

„Wir haben unseren Freibrief! Es kann weitergehen!“ Sonja stieß einen Freudenschrei aus.

„Und das viele Geld?“ Jupp warf ein Bündel in die Luft.

„Das Geld können wir behalten!“

„Und wieviel ist das?“

„Genau vierzigtausend Mark!“

„Richtig, genau vierzigtausend Mark!“ Die drei erstarrten zu Salzsäulen. Keiner wagte sich umzusehen, obwohl jeder wußte, wem die Stimme gehörte.

„Oh, nein, nicht schon wieder !“ stöhnte Sonja. „Das halte ich nicht mehr aus!“ Das Pferdegesicht war näher gekommen und baute sich vor Jupps Schreibtisch auf. Im Hintergrund lachte glucksend das Schwein.

„Ihr kommt euch ganz schön schlau vor, was? Aber die Tür müßt ihr schon richtig zumachen!“ Das Pferdegesicht schob Jupp zur Seite und packte die Geldscheine wieder ein, ließ die Schlösser zuschnappen und nahm den Koffer an sich.

„Das ist uns doch aufgefallen, daß der Rechtsverdreher die Knete nicht bei sich hatte. Schließlich ist das unsere Bezahlung. Die vierzig Riesen waren von Anfang an für uns bestimmt, nur mußten sie einen kleinen Umweg machen, damit euch Lommer II den Persilschein ausstellt. Immerhin scheint ihr doch ein paar Freunde zu haben.“ Pferdegesicht ging zurück zur Tür. Im Vorübergehen sah er kurz auf Toms Gipshand.

„Lohnt sich nicht, wenn man versucht, uns hinters Licht zu führen.“ Das Schwein lachte wieder.

„Komm, wir hauen ab, Pitter, mit dem Moos machen wir uns 'nen schönen Abend.“ Das Pferdegesicht winkte nochmal mit dem Koffer.

„War uns ein Vergnügen. Glaube kaum, daß wir uns wiedersehen!“ Die beiden verschwanden, und die Tür fiel ins Schloß.

„Hoffentlich", sagte Jupp und zog einen Tausendmarkschein aus der Sakkotasche. Sonja war entsetzt.

„Warum hast du das getan, jetzt kommen sie wieder."

„Ich nehme eher an, die werden sich gegenseitig verdächtigen." Tom überlegte kurz.

„Ich bin nicht so sicher, ob das eine gute Idee war, Jupp!"

„Du hast schon gehört, was das Pferdegesicht gesagt hat. Wir haben ja immerhin noch ein paar Freunde. Nachdem jetzt alles gelaufen ist, werden die zwei es nicht mehr wagen, uns wegen tausend Mark allzu hart anzufassen!" Sonja und Tom schwiegen. Sehr überzeugend war das Argument nicht.

„Wir werden sehen. Wenn du morgen deine Hand in Gips hast, dann hattest du Unrecht."

„Was haltet ihr davon, wenn ich euch zum Essen einlade?" Tom grinste breit, und Sonja schien auch nichts dagegen zu haben.

„Genaugenommen ist die ganze Angelegenheit ja ausgestanden." sagte Tom.

„Nicht ganz! Es gibt noch etwas zu regeln, aber das hat Zeit bis morgen." So sehr interessierte Tom das Ganze nicht mehr. Für ihn war Sonja jetzt die Hauptsache. Unbeholfen fummelte er mit seinen verletzten Händen an ihr rum. Und das sah ganz schön komisch aus.

„Da, wo die mich festgehalten haben, muß ein Automatenbetrieb gewesen sein, denn man hörte ununterbrochen Geräusche von Flippern und TV-Spielen. Zwischendurch immer Werkzeuge und gedämpfte Stimmen." Tom war ganz Ohr.

„Sowas gibt es höchsten zwei dutzendmal in der Stadt. Das können wir finden, wenn wir uns dahinterklemmen!"

„Laß uns die Sache vergessen, Tom!"

„Wieso?"

„Ich mußte es meinem Onkel versprechen, sonst hätte er uns nicht aus der Patsche geholfen."

„Ich würde aber gerne wissen ..."

„Vergiß es, Tom. Wir können froh sein, daß wir so aus der Sache rausgekommen sind!" Er sah Tom beschwörend an. „Du glaubst doch nicht, daß das mit Lommer II ein normaler Unfall war? Da haben Schwein und sein Kollege nachgeholfen." Tom schwieg, Sonja sah ihn bittend an.

„Jupp hat Recht", sagte sie beschwörend, „wir sollten es dabei belassen." Sie zog ihn zu sich ran und küßte ihn. Tom war einverstanden, das konnte man sehen. What a little moonshine can do, dachte Jupp, der sich ja schon einmal den Mund fusselig geredet hatte. Sonja erledigte das mit einem Augenaufschlag und einem Kuß. Am liebsten hätte Jupp sie dafür geküßt.

„Also dann, auf ins Restaurant!"

Sie schlugen automatisch den Weg Richtung Friesenplatz ein. Wie selbstverständlich ging es zum Päffgen.

Es dämmerte schon, als sie am Friesenplatz quer über den Bauschutt turnten. „Diese Stadtverwaltung ist völlig meschugge!" fluchte Jupp, und das war das erste Anzeichen für Normalisierung. Die Geschichte schien endgültig der Vergangenheit anzugehören.

Kurz bevor sie das Brauhaus erreicht hatten, machte Tom den Vorschlag, mal ausnahmsweise, sozusagen zur Feier des Tages, in ein ‚gutes Restaurant' zu gehen.

„Tolle Idee! Eins, wo richtig schön gedeckt ist, und der Kellner während des Essens neben dem Tisch steht." Sonja war begeistert, und auch Jupp konnte sich schnell an den Gedanken gewöhnen. Er musterte Tom. Sonja war auch nicht gerade aus dem Ei gepellt.

„Ich weiß nicht, ob wir in dem Aufzug reingelassen werden, aber wir können es ja mal bei St. Georg versuchen." Sie gingen weiter die Friesenstraße hoch in Richtung Interconti und malten sich die schönsten Speisefolgen aus.

„Ich will unbedingt Mousse aus Schokolade und Zimt mit einer tollen Sahnesauce essen." Als Sonja von ihrer Phantasiemousse erzählte, waren sie auf Höhe der Sartory Säle, und ein mittlerweile vertrauter Laut ließ sie innehalten.

Das glucksende Lachen des Schweins kam von der gegenüberliegenden Straßenseite. Er stand dort mit dem breit grinsenden Pferdegesicht.

„Da sind ja unsere drei Schlauberger!" Sie gingen in einer Zangenbewegung über die Straße, um ihnen den Weg abzuschneiden.

„Gib den Tausendmarkschein schon raus", zischelte Sonja.

Jupp nestelte nervös an seinem Sakko.

„Hoffentlich erinnern die sich dran, daß wir Freunde haben", sagte Tom sarkastisch. Das Pferdegesicht baute sich vor Jupp auf.

„Guten Abend, Herr Schlau, sie sind ja ganz schlau!" Seine Hand schnellte vor, griff Jupp am Hals und drückte ihm den Adamsapfel rein.

„Wenn ich bitten darf." Er hielt die rechte Hand offen hin. „Die fehlenden fünftausend!" Tom und Sonja sahen sich fragend an, und Jupp bekam einen roten Kopf. Zittrig nestelte er fünf Tausendmarkscheine aus der Innentasche und gab sie dem Pferdegesicht. Das Schwein lachte glucksend. Das Pferdegesicht drückte noch einmal fest zu und stieß ihn dann kräftig zurück. Jupp stolperte rückwärts über die Stufen des Sartory und setzte sich auf den Hintern.

„Das wars dann wohl, Herr Schlau!" Zu Tom und Sonja gewandt: „Meine Dame, mein Herr!" Das Schwein lachte zum Abschied nochmal unverwechselbar, dann waren sie verschwunden.

„Herr Schlau!" Tom sah auf Jupp runter.

„Laß mich erklären", krächzte Jupp, dessen Adamsapfel ordentlich gelitten hatte. „Der Rest war für ein neues Auto gedacht, weil meins ja schließlich abgebrannt ist. Natürlich hätte ich euch das nachher erzählt!"

„Natürlich hättest du das", sagte Tom, lachte, hielt Jupp die Hand hin und zog ihn hoch. Sonja machte ein langes Gesicht.

„Also doch wieder ins Päffgen."

„Sieht so aus", krächzte Jupp.

„Dann geh mal vor, Herr Schlau."

Im Brauhaus waren zu dieser frühen Abendstunde noch Plätze frei. Sie setzten sich vorne in den großen Saal. Am hinteren Ende war ein langer Tisch mit fast zwanzig Personen. Tom stieß Jupp an.

„Das ist die komplette Belegschaft der Köln-Revue!" Jupp sah rüber.

„Das scheint 'ne Feier zu sein." Jupp stand auf und ging zu dem Tisch. Knöspel thronte am Kopfende. Jupp grüßte zunächst kollektiv und dann Knöspel.

„Kann ich dich mal einen Augenblick sprechen, Volker?" Sie setzten sich an einen kleinen Tisch in der Schwemme und der Köbes brachte ihnen zwei Kölsch.

„Also, Volker, wir müssen nochmal über das Manuskript sprechen."

„Das ist kein Thema mehr, das ist gestorben."

Jupp wollte schon 'um so besser' sagen, konnte es sich aber im letzten Augenblick verkneifen.

„Also bis demnächst mal!" murmelte Knöspel, trank sein Bier aus und stand auf.

Jupp sah ihm nachdenklich hinterher.

„Na und?“ fragte Tom, als Jupp zurück an den Tisch kam. „Was ist jetzt mit der Köln-Revue?“

„Die drucken das Ding auch nicht mehr!“ sagte Jupp in Gedanken versunken.

„Aber das wolltest du doch!“ sagte Tom.

„Ja, das wollte ich und will es noch. Ich frage mich nur, wieso die sich so leicht davon abbringen lassen.“ Der Köbes kam mit den Haxen und einem Kranz Kölsch.

„Guten Appetit, Herr Schlau!“ frotzelte Tom.

Der Abend endete in einem Kölsch-Kabänes-Schlummer, der alle schlauer zurückließ, als es die Wirklichkeit erlaubt hatte.

Nachspiel

Als Jupp Reib am nächsten Mittag, noch stark unter den Einwirkungen des Vorabends leidend, zu Theo kam, saß dieser Express lesend hinter seinem Schreibtisch und grinste ihn über die Schlagzeile des Tages an. Er drehte Jupp die Titelseite zu.

„Viel Zeit hat er nicht mehr gehabt, der Rechtsverdreher."

Jupp war nicht nach Diskussionen zumute. Er legte die von Lommer II unterschriebenen Schriftstücke kommentarlos auf den Schreibtisch und versuchte, sich schnell aus dem Staub zu machen. Aber Theo bestand darauf, ihm noch eine Überraschung zu bereiten und nötigte ihn freundlich, in sein Auto zu steigen. Unterwegs langweilte er Jupp mit Geschichten von früher. Endlich fuhren sie in den Hof einer großen japanischen Autovertretung.

Sie stiegen aus, und Theo ging mit Jupp auf einen brandneuen dunkelblauen Kombi zu, der neben dem Eingang zum Büro abgestellt war.

„Da dein Auto bei der Angelegenheit ja einen irreparablen Schaden erlitten hat..." Jupp stand mit offenem Mund vor dem Kombi. Nicht schlecht, dachte er. Ein Verkäufer überbrachte Schlüssel und Papiere für den bereits auf ihn zugelassenen Wagen.

„Du brauchst nichts zu sagen. Setz dich einfach rein und fahr in deinen Verlag."

Genau das tat Jupp. Er setzte sich in das Auto und fuhr los. Als er vom Firmengelände runterfuhr, sah er, wie ein knallroter Lieferwagen aus der Lackierhalle gefahren wurde. Auf den Seitenflächen stand in großer weißer Schrift: Köln-Revue.

Köln Krimi 1

„Das sonst so gemütliche Köln erscheint hier im düsteren Flair jener amerikanischen Städte, durch die einst Humphrey Bogart wandelte. Das ist viel für einen deutschen Krimi."

Frankfurter Allgemeine Magazin

142 Seiten — 12,80 DM — ISBN 3-924491-01-1